夏商小说系列

夏商

八音盒

华东师范大学出版社

序

出版文集至少有三个作用,一个是归纳较为满意的作品,一个是带有定稿本性质,再一个就是作家的虚荣心。

在严肃文学式微的时代,写作作为一种多余的才华,连同被虚掷的光阴,是无中生有的幻象。有时候,我甚至不认为写小说是一种才华,至多是无用的才华。虚荣心是支撑作家信念最重要的一根拐杖,而这种虚荣心,其实也是自我蒙蔽,写作只是著书者的自欺欺人,它是件私密事,和所有人无关,小说首先是小说家的,其次才是读者的,小说里的故事和现实中的故事最终皆会烟消云散,小说家虚荣的逻辑在于,假装写作是有意义的。

上世纪八十年代末初学写作,转眼三十年,用坊间谐谑的话讲,小鲜肉变成了油腻男。过完半生太快了,再过三十年,说不定就过完了一生。写作这件事,是我延续最久的行为,即便有创作停滞的阶段,对文学还是初恋般凝望,怕与之隔膜太久,断了音讯。

即便如此,写出满意的小说更多时候是一厢情愿,无论满不满意,文字终究慢慢攒起,发表、出版、修订乃至推倒重写,宛如跟自己的长跑,一直掉队,一直掉队,最后败给自己。

小说出版后的命运和作者基本无关,仿佛风筝飘远,作者手里没有线辘——书籍永远在寻找读者,而作家只有一张书桌。

2009年,由上海锦绣文章出版社出版了第一套文集"夏商自选集",四卷本,作为不惑之年的礼物。

这次由华东师范大学出版社刊行的是第二套文集,在此之前,在该社先后出版过讲谈集《回到废话现场》和修订版《东岸纪事》,彼此建立了信任和友谊,尤其是王焰社长对拙著《东岸纪事》不遗余力的推荐,让这部小说获得了更多知音,始终铭记在心。

之所以用"夏商小说系列",依然没有用"夏商文集",理由很简单,希望在更老一些,完全写不动时再冠以这个更具仪式感的名称。

"夏商小说系列"包含长篇小说四种五卷,中篇小说集及短篇小说集各两卷,共八种九卷。比2009年版容量大一些,年纪也增了近十岁,大致是送给知天命之年的礼物了。

借此机会,对作品进行了全面修订,写作之余也喜涂鸦,用毛笔字题签了封面书名。装帧是请留学海外读设计的夏周做的,是我喜欢的极简风格。

再次感谢华东师范大学出版社,感谢这套书的策划编辑王焰社长,感谢责任编辑朱妙津女士。编辑隐身于幕后,作者闪耀于前台,美德总是低调的,而虚荣心总是趾高气昂。

2018年1月18日于苏州河畔寓中

目录

八音盒 001

我的姐妹情人 045

爱过 093

恨过 145

雨季的忧郁 219

八音盒

从世纪大道样板段往摆渡口走过来的那三个人组成了一个典型的现代城市小家庭。靠右边穿蔚蓝色制服的是欧阳亭，他是走在右侧的身着套裙的白领女士李菲的丈夫，也是中间那个正在啼哭的小女孩皎君的父亲。除此之外，他还是一个六旬老太的独子，一名海运学院毕业的航海硕士，一位国际商船上的中国大副。

这是一个星期六的傍晚，在初夏的上海，二十世纪九十年代下半叶的黄浦江上风一如往昔那样微小而犹豫地在吹，两岸的面貌与上个十年比较已有很大改观，据说这是一个正朝着国际第一流都市迈进的城市，许多居住在本城的居民为此而神情自满。欧阳亭是个见过世面的人，他以一种带点旁观的眼光来看待此事，他得出的结论是上海人固有的虚荣心再次被放大了，当然这里面的因素十分复杂，既包含着市民对曾经有过的美丽时代的留恋，也与传媒的夸大其词不无关系。根据欧阳亭冷静的分析，如果把世界上的大城市放在一起组成一支乐队的话，上海的角色充其量不过是个贝司手，在绚丽纷呈的舞台上忝陪一隅而已。

但他的这个观点遭到了在银行上班的妻子李菲的反驳，

李菲虽然未出过国,但她去过一次香港,她认为上海这个地方至少不比香港差,而香港作为世界名城的地位是全球公认的。按照这样的类比,香港在国际大都会中大致是一个萨克斯手,而上海至少应该吹吹黑管。

李菲经常在此类小问题上与欧阳亭交锋,当然这并不说明他们的关系存在隔阂,实际上在现实的夫妻格局中,男女主人公保持相对独立的世界观和人生观并非没有好处。它至少能使双方当事人具有清醒的头脑与判断力,以免在某些重要的动议实施前彼此推诿或者盲从,令家庭之舟滑进泥潭。

不过再趋于理智的夫妻也会在一个共同的主题上卷入情感之涡,那就是对子女的爱。在这一点上,欧阳夫妇与大家没有任何不同。女儿皎君是他们的掌上明珠,他们给予了她所能付出的全部关心和呵护,特别是欧阳亭,对女儿几乎到了溺爱的程度,这使李菲有点担忧。她好几次向欧阳亭指出过分娇惯女儿可能会留下的后遗症,欧阳亭并没有就此收敛,他用一条屡试不爽的理由来回答妻子,你知道我是一个国际海员。潜台词当然不言自明,弄得口齿伶俐的李菲也就不好再说什么了。

既然指望不上丈夫来约束女儿,李菲只好自己对皎君加以严格管教,她对欧阳亭说:"你要当红脸,我只能当白脸了,小孩总得怕一个人,否则就无法无天了。"

李菲用她自己的一套教育女儿,如她所愿,皎君看上去非常乖巧懂事,对妈妈的叮咛过耳不忘,幼儿园老师对她的印象也非常之好，这使李菲对自己感到十分满意。但她苦恼的是，女儿的良好表现不过是个伎俩，它只在欧阳亭出海时生效，一旦欧阳亭回到家中，李菲所有威逼利诱的手段就会瘫痪失灵，皎君立刻会恢复她天性中的倔强，好像找到了一个强大的靠山，不再听李菲的话，还与她目光相对，露出一副狡诈而嘲讽的表情。

去野生动物园游玩是上回欧阳亭出海前答应女儿的一个节目，由于工作性质的特殊，欧阳亭的这个承诺在九个月后才得以兑现。此次回沪，欧阳亭可以在岸上待上十二天，接着他要完成一次计划外的远赴南美的航行，然后结束八年枯燥的海员生涯，远洋公司机关有一个处长的位置等着他去坐。

对于组织上的这次人事安排，欧阳亭并不感到意外，因为在此之前领导已就此事征询过他的意见。在做出选择的过程中，他的心情是矛盾的，他学的专业是航海，多年的水上漂泊使他对航行产生了感情，所以离开日夜厮守的轮船他有点恋恋不舍，然而另一方面，每天可以回家看见妻女的温馨又令他憧憬，最终，他选择了归属家庭。

野生动物园位于南汇县六灶乡，是新造的生态主题公园。从欧阳家所在的浦西高雄路出发，最直接的方法是步行至江边码头乘摆渡，大约七分钟后，渡船泊至对岸，也就是中国大陆最大的开发区浦东，然后在周家渡乘坐专线小巴，顺着沪南公路行驶，沿途顺利的话，三刻钟左右就可以到达目的地了。

欧阳一家早上七点钟出门,九点半到达野生动物园,比正常的行程超出了一个多小时,这是因为他们碰到了严重的堵车,这个小小的缺陷并未对他们游园的兴致产生重大影响。他们坐在缓慢的游览车内朝四处张望,看着庞大或瘦削的动物信步而行。与浦西虹桥的上海动物园比较,这里的参观方式刚好调了个个,动物们在外面活动,人却像被关进了笼中。由于开张不久,这里的动物数量品种都还不多,珍禽异兽就更加稀少,不过皎君还是看到了最想看到的大象、长颈鹿和骆驼。她一路忙着惊叫,喜悦之情溢于言表,欧阳夫妇则在一旁为其做知识讲座,阐述关于动物产地这类的常识。午餐过后,继续玩了一会儿,下午两点多钟离开野生动物园,打的到陆家嘴金融区的八佰伴百货公司,这是一家号称亚洲第一的购物中心,李菲一直想来此购物,始终未能成行,借这次途经浦东的机会,她实现了夙愿。在店内逛了一圈之后,李菲并未购买任何东西,原因是这家硬件一流的购物中心商品价格同样是一流的,李菲估算了一下,这里的东西普遍比外面要贵出三成,她跑到钢琴区看价格,同样型号的进口钢琴要贵出百分之五十。所以在权衡再三之后,她控制住了购买欲,倒是皎君抓住这个机会成功敲了欧阳亭一个竹杠,为她买了一只价值两百四十元的八音盒。五分钟后,在另一个柜面,欧阳亭为李菲挑选了一枚精巧的手镯,并且当场套在了妻子的左腕上。从这个细节可以看出,欧阳亭是个细致入微的男人,深谙女性心态,还熟稔平衡术。

从八佰伴出来,他们到对面的时代广场小吃街吃了点心,以代替晚餐。然后在地图的指点下,准备到陆家嘴轮渡站过江回浦西,结束一天的短途旅行。

时代广场到陆家嘴轮渡站的路程不算短,按照他们边走边看的速度,至少要花大半个小时,但他们仍然决定散步过去,因为沿线有不少景观可供浏览。他们首先看到的是凯旋门式的证券大厦,对这款新落成的后现代风格的建筑欧阳亭觉得似曾相识,他想起自己在日本某岛见过造型与它极为接近的建筑,只是那是一座电视台。他没有把这个发现告诉李菲,他把头抬起来,高大的东方明珠和金茂大厦同时映入眼帘。对火箭型的前者,他反感已久,他曾对李菲说自己从来没有看到过如此难看的电视塔,它甚至还不如原来市中心仿造埃菲尔铁塔的老塔,上海人居然会将它视作新的城市标志简直是个笑话,对大雁塔造型的后者,欧阳亭比较喜欢它的线条,但认为它浅灰色的外衣是个败笔,如果换成乳白色,欧阳亭相信效果会好许多。

现在,这个三口之家走在世纪大道样板段上,黄昏不知不觉已经降临。皎君忽然提出要看一看八音盒,当然,她这里的"看一看"与"玩一玩"是同一个意思。对此,李菲立刻拒绝了。为了打消皎君的非分之想,她把原来在欧阳亭手中的八音盒拿了过来,神色严肃地对女儿说:"马路上是不能玩玩具的,太危险了。"

皎君反驳说:"这里是人行道,汽车不会开上来的。"

李菲说:"但你玩着玩着会不知不觉走到马路上去的。"

皎君说:"不会的,我保证不会走到马路上去。"

李菲不再言语,她用沉默来表示自己的不容商榷,这是她对女儿一贯使用的方法。

皎君就转移了对象,向欧阳亭求援,她拖住爸爸的腿开始撒娇。欧阳亭被她纠缠了片刻,唱红脸的老毛病犯了,他劝李菲满足女儿的请求算了,然而李菲像没有听到他的话似的反而加快了步伐,皎君真的哭了起来,欧阳亭把步伐也加快了一点,拉住了李菲的衣袖。李菲转过身说:"你这么迁就她,后果是什么你知道么?"欧阳亭赔着笑脸说:"她毕竟是个小孩子,再过几年她会懂事的。"李菲把八音盒塞到欧阳亭怀里说:"反正用不了多久你就不当海员了,这么些年来都是我一个人带孩子。你不在时她很乖的,你一回来,她就成了两面派,我的心血算是白费了,既然这样还不如由你来管教她,免得我看着来气。"欧阳亭说:"皎君你过来,妈妈也是为了你好,马路上玩玩具确实比较危险。这样吧,前面不远就是轮渡站,上了摆渡爸爸就让你玩好么?"

皎君不吱声,眼睛也不朝两个大人看,独自一人朝前走着,如同一棵会移动的寂寞小树。

周末的轮渡站人流比往常略微减少,欧阳一家走到候船厅的时候,刚巧有一班摆渡开出不久,他们需要稍候片刻。趁此空隙,欧阳亭开始对女儿进行安抚,他将八音盒的外封拆掉，将里面的内容取出，这是一只传统的婚礼八音盒，心形的基座上站着盛装的一对娃娃。欧阳亭为它上了发条，丁冬丁冬的旋律便流淌出来，欢快的节奏中一对娃娃开始翩翩起舞，引来了不少乘客的注意。欧阳亭把八音盒递给皎君，皎君忸怩了一下，没有伸手，欧阳亭再次做了一个交递的手势，皎君接受了。她朝李菲瞄了一下，李菲正对她冷眼旁观，皎君突然把双手举了起来，欧阳亭连忙阻止，已经来不及了，八音盒被摔在坚实的地坪上，音乐一刹那变得无声无息，只留下裂开的八音盒聚集了众人的目光。

李菲几乎是同时来到皎君跟前的，她快捷的出手丝毫不比女儿逊色，八音盒落地后仅仅数秒，她已握住了皎君的右手，狠狠地拍打了下去。

欧阳亭没有及时去解救皎君，他被女儿的举动吓了一跳，他没有想到女儿的脾气会这样坏。他想自己也许对女儿的娇惯真的有点过了头，如果这样的话，适当的体罚也许是必要的。

不过他的这种想法很快就被女儿悲惨的哭声稀释了，他用平静但很有分量的语调对李菲说，请你不要再打她了。

李菲朝他看了一眼，直起了腰，头也不回地舍下欧阳亭父女向已经靠岸的渡轮走去。

不知什么时候，八音盒被一个要饭的小女孩捡了起来，小女孩操着河南口音，有一双明亮而又自卑的眼睛，她用肮脏的两只小手把八音盒捧起来，对皎君说："给你。"皎君做出一副讨厌的表情,把脑袋别向了一边,欧阳亭说:"小姑娘,这只八音盒送给你了。"

要饭的小女孩笑了,她的牙齿非常整齐,她怀疑地问:"你说的是真的么?"

欧阳亭说:"没有错,这只八音盒现在属于你了。"

皎君忽然说:"为什么给她?它是我的。"

欧阳亭说:"你把它扔了,说明已经不喜欢了,既然不喜欢,就把它送掉算了。"

皎君说:"我不喜欢也不能给她,你让她还给我,我要把它扔进黄浦江。"

欧阳亭的面色阴沉下来,他从皎君的言语中觉出了女儿问题的严重。他看了一眼皎君,对女儿感到了从未有过的陌生。他握住皎君的手腕,去赶这趟摆渡。皎君的手腕被握疼了,爸爸生气的样子对她同样是陌生的,她不知道为什么爸爸会变得脸色铁青,因为害怕,她没有再撒泼耍赖,她只是不停抽动肩胛,任凭泪水从鼻翼旁滴落。

在渡轮中段,欧阳亭找到了李菲,她火气未消,但她看见了丈夫难得一见的怒容,关切立刻替代了脸上的不快,她问道:"怎么啦你?"

欧阳亭说:"你也许是对的,我平时对皎君过于偏袒了,她现在成了一个蛮不讲理的自私小孩。"

李菲问:"她又怎么了?"

欧阳亭说:"先不说这些。"

李菲转过头对皎君说:"你又怎么了,惹爸爸生气?"

皎君一声不吭,只是一味啜泣。

欧阳亭说:"你别吓着她,今天的事就让它过去了,以后在孩子教育上我应该注意一些方法。"

李菲说:"希望你能说到做到,别再一喜欢起来就没大没小和她瞎胡闹,搞得自己一点威信也没有,怎么教育孩子。"

欧阳亭说:"你那种方法也有问题,动不动就板起脸来教训她,要知道小孩的个性老是受到压抑,对成长也是有害的。"

李菲说:"我们别当着她的面说这些了,另外找时间谈这个问题。"

对面就是外滩,他们在渡轮靠岸后分了手,李菲领着皎君拦了一辆计程车回家,欧阳亭则准备钻过地下人行道,到马路对面找一家24小时银行提款,然后去母亲那儿。走了没几步路,有人在背后轻拉他衣服的后摆,他停下脚步回过头,跟前站着的人让他颇感意外,居然是那个要饭的河南小女孩。

"有事么?"欧阳亭问道。

小女孩说:"我刚才忘记了谢谢你,你把这么漂亮的八音盒送给我,我一定要来道一声谢。"

欧阳亭笑了:"它已经摔破了,没什么用处了,我不过是送了一只摔坏的八音盒给你,不用谢的。"

小女孩说:"它没有坏,你看它还能跳舞呢,这么好玩的东西,你女儿为什么要摔掉呢?不过要不是她把它摔破了,我也不会得到它了。"

欧阳亭无言以对,尴尬地笑了一下,准备离开,可他后来又把头掉转,看见要饭的小女孩仍在原地,怀里搂着那只八音盒,好看地笑着,露出整齐的牙齿。

欧阳亭心中忽然涌起一些感动,折回来在小女孩面前站定,问道:"你叫什么名字?"

"春花。"小女孩回答。

"带你来的大人呢?"欧阳亭问。

"我大妈他们在江那边。"春花说。

"那你得马上回去,否则他们找不见你会着急的。"欧阳亭说。

"我大妈只会问我们讨到多少钱,才不会管我们呢。"春花说。

欧阳亭走到售票窗买了两枚过江的船票,对跟过来的春花说:"我送你过江吧。"

到了渡轮上,欧阳亭从皮夹里取出了一张五十元的纸币,送给了春花。春花没有拒绝,她抬起头来对欧阳亭说:"叔叔,你是一个好人。"

欧阳亭来到船头,黄浦江上的风一如往昔那样微小而犹豫地在吹,他问春花:"你今年几岁了?"

"七岁。"春花说。

"老家在哪里?"他又问。

"我不知道,听我大妈说在一条大河的旁边。"春花说。

"你一定是河南人,我一听就知道,因为我的妈妈也是河南人。"欧阳亭说。

"你说我是河南人就是河南人吧,不过我现在已经会讲上海话啦。我说一句话你听:阿拉饭已经切过了,侬饭切过了哦?侬看我学得像哦?"春花说。

"你学得很像,你是一个聪明的小姑娘。"欧阳亭说。

"你这身制服很帅,你是警察么?"春花问。

"我不是警察,我是船员。"欧阳亭说。

"我也觉得你不像警察,警察的脸老是板着的。这段时间还好,过春节的时候还会来抓我们,我去年就差一点被他们抓住。"春花说。

"抓住了怎么样呢?"欧阳亭说。

"送回老家呗,可我是大妈捡来的,连她也说不清楚我到底是什么地方的人。"春花说。

"那么说你和你的大妈不是亲戚?"欧阳亭问。

"我对我的爸爸妈妈还有印象,我好像还有一个哥哥,但我不知道他们现在在哪儿。"春花说。

欧阳亭同情地看着春花,他隐约猜出在这个可怜的小女孩身上发生了什么事,他对此并不能做什么,他无法因为一次邂逅而承担改变小女孩命运的责任。春花的故事每天都在这个社会发生,他不可能去解脱每个人的苦难,他也不可能去解脱春花的苦难,他有属于他自己的生活,和他所要服从的生活秩序。

"我看见我大妈了,那个拿着搪瓷碗的女人。"春花用手指着码头上一个衣衫陈旧的女乞丐,她大约五十岁,皮肤黝黑,典型内地农妇的形象。她也看见了正在靠近的渡船上的欧阳亭和春花,她表情里爬过了一只惶恐的虫子,她扭身往后跑,嘴里大声叫着:"快跟我走,快走。"

她的话像一句巫师的咒语,话音刚落身后就一下子跟过来三四个与春花一般大的孩子,他们像是从地下冒出来的精灵,没等欧阳亭反应过来,已经和女乞丐一起消失在半明半暗的黄昏里。

"大妈看见我在和你说话,你穿的又是制服,她一定把你当作了警察。"春花说。

"他们会跑到哪里去呢。"欧阳亭问。

"我也不知道,我们本来就没有固定的地方住。"春花说。

"那么你能找到他们么?"欧阳亭问。

春花摇了摇头,她注意到欧阳亭的嘴角有点僵硬,她立刻改口道:"你不用担心我,我会有地方住的,而且明天我就会找到他们,大妈肯定会派人来码头找我的,你放心好了。"

"那样的话,船靠岸以后我就不下去了,你自己要当心。"欧阳亭说。他准备就此与春花道别,他知道事情的结尾只能是这样,对一个素昧平生的要饭的小女孩,他的慈善之心已经超出了常人所能付出的范围,但他毕竟不是救世主,无法进一步去帮助春花了。

几分钟后,春花一个人站在了码头上,欧阳亭把头掉了过去,不知为何他仿佛对岸上的春花有了一份内疚之情,他甚至连向她挥手告别的勇气也丧失了,他不敢去看那个怀抱八音盒的小女孩。他走到船的另一侧,眺望着外滩诚实而黯淡的轮廓,他觉得有一只手在自己的心上拧了一下,然后又拧了一下。轮渡要开了,欧阳亭飞快地奔到船头,冲着春花喊道:"春花,你来。"

欧阳亭把春花带到了静安寺母亲的家中,他准备暂时先让春花住下来,然后与孤儿院联系看是否能够收养她。他的三表姐是市民政局的副处长,他想通过这层关系来为春花争取一个安全规范的成长空间。他被自己的计划吓了一跳,他不明白自己为何要为春花担负起这种责任。

欧阳亭的母亲顾老太是静安区委统战部的退休干部,丈夫欧阳北狄死于反右时期,她如今一个人独居在第九百货商店旁边一幢老式公寓的底层,住一套两居室的单元房。欧阳亭突然把一个肮脏的要饭小女孩带来令她非常震惊,她把情绪明白无误地写在了脸上,她坐在椅子上打量着高大的儿子,目光中飘满了疑云,她一边故作镇静地听着儿子介绍,一边去观察在门侧站着的要饭小女孩。从欧阳亭的陈述中判断出儿子之所以带回这个叫春花的要饭小女孩完全是出于怜悯的缘故，她对儿子的行为感到匪夷所思。出于怜悯？这个理由可以被视作具有说服力，却未免显得轻率和不切实际。每个人都会有一颗同情心，然而具体到某一个事件，同情的力量绝大多数时候是微小的，会被理智控制住，这与其说是人的本性自私，不如说自我保护的心理占了上风。顾老太的直觉告诉她，儿子已经惹火上身，他做的这件事在道义上是对的，在现实中却是一个错误。她想对儿子说自己不能让这个小女孩留宿，同时也明白作为一个母亲她不能这样做，她不想在儿子心目中失分。

于是春花被留了下来，顾老太找出几件孙女的换洗衣服让春花沐浴后换上，春花个头比皎君略高，衣服穿在身上，稍微有点小，但是奇迹依然发生了。顾老太和欧阳亭同时看到了一个相貌出众的漂亮女孩，她未经修饰，只是用水洗了一下，就有了出水芙蓉的效果。顾老太看了一眼儿子，欧阳亭知道母亲在想什么，如果春花是一个面容丑陋的女孩，是否还会引起他的恻隐之心。他低头沉吟了一下，他不能排除长相是造成他与春花投缘的重要因素，她确实长着一张招人喜爱的面孔。

欧阳亭在母亲家中待到很晚才回家，他到里屋给三表姐挂了个电话，询问了一下春花进入孤儿院的可能性。他没料到三表姐十分干脆地告诉他，像春花这样背景的小女孩被收养的可能性微乎其微，在南市区的普育西路有一个儿童福利院，专门收养弃婴和孤儿，但经过公安局严格审核，一般都是上海本地出生的孩子，名额也十分有限，倘若像春花这样的外地小盲流也包括进去，岂不早就人满为患。三表姐忍不住埋怨欧阳亭："你怎么会干这样的蠢事，赶快把这个小姑娘送走。否则到辰光湿手粘了干面粉，掼也掼不脱。"

三表姐最后用了一句标准的上海歇后语来结束和表弟的对话，欧阳亭从她加重的语调里听出了深切的担忧，欧阳亭慢慢地把话筒搁在叉簧上，感到了问题的严重性。他没有想到把春花送入孤儿院只是自己天真的非分之想，他重新来到外间，装出什么事也没有发生的样子，他知道自己已经没有选择的余地，只能把春花送回那个摆渡口，让她重新回到属于她自己的生活中去。

顾老太正在用河南话与春花交谈，与刚才的冷淡相比，此刻对她的小老乡态度友善了许多，看见欧阳亭出来，她把一个发现告诉了儿子："你一定不会想到吧，春花和你是同一天生日。"

欧阳亭愣了一下，他朝春花投去困惑的一瞥，他的意思不言自喻，春花连自己的身世都不清楚，怎么会记得自己的生日呢。

春花看出了欧阳亭的疑问，她告诉欧阳亭说，她的生日是大妈定下来的，其实就是大妈捡到她的日子，而真实的生日她可能永远也不会知道了。实际上除了生日外，她的年龄和姓名也都是虚拟的，换言之，那些都是她的大妈杜撰出来的东西。

顾老太对春花说："虽然你们的生日未必真的在同一天，还是让人觉得有点巧，可能就是老话说的缘分吧。"

欧阳亭摸了摸春花的头："时间不早了，该去睡了，我去把小床整理一下。"

春花把头点了一点，欧阳亭就返回里屋去铺小床，它本来是皎君睡的，偶然李菲有出差任务，欧阳亭又在海上，皎君就会到奶奶这边来住，所以这张可折叠的钢丝小床就在顾老太房间里保留下来，使用频率不是很高，不过也不能被取消。

春花躺下后很快昏昏入眠，她睡得相当沉，表情是那种全无杂念的恬静。欧阳亭心情复杂极了，看着梦乡中的春花，他似乎真喜欢上这个小女孩了，但他没有办法去改变她悲惨的境况，他不能去冒险，他没有资格去冒险。对他而言，春花的出现只是命运安排的一个恶作剧，目的就是要让他去完成一次由善良而起，用残忍告终的心灵历程。

欧阳亭心事重重地从母亲家中离开，回到自己的居所时，李菲母女俩已睡熟，欧阳亭蹑手蹑脚漱洗更衣，抱衾而卧。这一夜他没有睡好，中间好几次下床，去给磁带换面。他有一台早年从德国带回来的音响，现在看来款式老了，又没有遥控功能，但音质还比较好，所以一直没舍得淘汰。平时听得最多的是一套香港版本的邓丽君精品集，一遍又一遍，每一首歌已背得下来，他此时听的是那盒最钟爱的《但愿人长久》。把音量调得很低，使舒缓的旋律成为淡淡的背景音乐。

半夜里李菲有过一次例行起床，匆匆忙忙奔进卫生间又匆匆忙忙奔回来，她注意到了音乐声，认为是欧阳亭遗忘所致，经过音响时顺手把它关掉。当她重新躺下时，听到欧阳亭开口说话，才知道丈夫没有睡着。

"为什么关掉音响？"欧阳亭说。

"都几点钟了，你怎么还没睡，几时回来的？"李菲迷迷糊糊道。

"我几时回来你都不知道，小偷进来的话怎么办。"欧阳亭说。

"你不要说这种话，听得人家的心怦怦跳。"李菲埋怨道。

"皎君后来有没有跟你闹？"欧阳亭问。

"没有，只有你在的时候她才会闹。"李菲说。

"也许我对她是迁就了一点，可你也有点过于严厉了，两种态度都有问题，中和一下就好了。"欧阳亭说。

"什么中和，又不是 PH 值。"李菲说。

"我说的中和是教育方法上应该……"

还未说完，李菲打断他道："我知道你说的意思，都什么时候了，快睡吧。"

欧阳亭吁了口气，把眼睑阖上，十几分钟后他睡着了，睡得并不深，大概就是人们说的半梦半醒的浅寐状态。然后他醒了，凌晨五时一过他爬了起来，又去打开音响，邓丽君的歌声像云雾般飘荡在屋里。他的失眠引起了李菲的注意,她睁开惺忪的眼睛:"你好像一夜没睡?"

欧阳亭说:"大概在海上颠簸惯了,床不摇了反而有点不适应。"

李菲说:"回来已经三四天了,前些天不是睡得很香么?不是有什么心事吧。"

欧阳亭说:"别瞎猜了,我能有什么心事呢。"

李菲翻个身,继续睡回笼觉,欧阳亭来到卫生间,弄完出门前的洗漱,他准备去和妻子说午饭不回来吃了,刚巧李菲慌慌张张跑过来,一屁股坐在抽水马桶上。李菲有这样一个坏习惯,睡觉的时候喜欢憋尿,一直到膀胱撑不住了才跃床而起。欧阳亭告诫过她此种做法的数大害处,李菲听过就忘,始终没改掉这个毛病。

李菲从抽水马桶上站起来,没有把内裤立刻从膝盖往上提,她把卫生间移门推上,插好了门闩,从背后抱住欧阳亭:"昨天夜里我等你等到很晚。"

欧阳亭想起来了,他和李菲约好昨晚有一场床上戏。他这次回来的时间不巧,抵沪的那天李菲正好来例假,一直到八佰伴购物的时候,李菲才轻声对欧阳亭说了一句暗号:"老朋友走了。"

欧阳亭会意地握了下李菲的手:"我早点从妈妈那儿回来。"可他食言了。

欧阳亭把缠绕在胸前的两条手臂分开,转身面对着李菲，他把李菲对襟的睡衣解开了，里面的内容使他的身体产生了基本的紧张，他把头垂了下去，用舌尖衔住了妻子左侧的乳头，他蹲了下来，坐在浴缸边沿，他停止了一切动作，看着近在咫尺的李菲。

李菲笑了，放松肩胛让睡衣滑落下来，她脚踝上的内裤也在某个不可知的瞬间转移到了地上，像一只害羞的白鼠蜷缩成一团。李菲勾住欧阳亭的脖子，在他身上坐下来："我已经三十四岁了，你看我这儿已经有点沉了，岁月不饶人，只会越来越不好看，也会越来越沉。你要多用用它，不要等到又老又丑了，连看它一眼也没有兴趣。"

欧阳亭说："马上就要到岸上工作了，我们每天都可以待在一起。"

李菲笑着说："只要你吃得消，我保证不打回票。"

他们开始做爱，时间过得很慢，当然也可以说过得很快。激情过后，两人恢复了平静，李菲重新回卧室睡星期天的懒觉，欧阳亭声称到城隍庙湖心亭去喝早茶，然后去看望几个老朋友。李菲提醒欧阳亭别忘了晚上六点半在梅龙镇的宴席，她高中时候的好朋友佘卉又要结婚了。经过两次婚变，佘卉这次选择了一个若干年来一直死心塌地等着她的男人，与两任破产的大款前夫相比，新丈夫只是一个收入不高的小公务员，对此佘卉的解释是，她从此再也不用提心吊胆了。

欧阳亭来到母亲家的时候，春花正在和顾老太一块儿吃早餐，欧阳亭让春花放下筷子，告诉她要带她去吃各种好吃的点心。春花看着欧阳亭，面无表情地站起来，慢慢走进里屋，重新出现时怀里抱着那只八音盒，走到顾老太面前，深深鞠了一个躬："奶奶再见。"

顾老太没有说话，转过脸把目光躲开，春花就跟着欧阳亭来到了大街上。

七八分钟后，在百乐门宾馆二楼的餐饮区，欧阳亭和春花坐了下来，欧阳亭每种点心都要了单份，品种弄了很多，春花的睫毛垂下来盖住了眼睛，吃的速度很慢，似乎在区分每款食物之间的不同。在整个用餐的过程中，她没有说过一句话，也没有去看欧阳亭。她吃得很多，看得出远远超过了她的食量，欧阳亭不知道事情会变成这样，内疚感非常强烈地折磨着他，他知道整个局面失控了。

整个上午，欧阳亭在锦江乐园陪春花玩。他们玩遍了乐园中几乎全部的游戏，春花表情有点紧张，她对那些上天入地的游艺机心存芥蒂。她毕竟是个没见过什么世面的小要饭花子，不能领悟紧张和眩晕的机器所能给人类带来的乐趣，但是她终于有所适应，开始有了笑容。

玩到下午一点以后才离开，地铁把他们送到了人民广场。欧阳亭走进一家肯德基连锁店，买了两份B型套餐。吃完这一顿他就该与春花分别了，他不知道如何向春花说，他好像要把一个自己的孩子扔掉一样，所以他咬了一口鸡块就吃不下去了，他像一个犯错的孩子偷眼去看春花，春花正认真地啃着鸡块，两只手上沾满了金黄色的油汁。欧阳亭发现春花的眼睛里闪着泪光，他快速把注意力转向了窗外的街景，他忽然听到春花的说话声："我吃完了，我们走吧。"

沿着延安东路朝摆渡口方向走，春花怀里抱着八音盒，抬起头对欧阳亭说："叔叔，你是一个好人。"

欧阳亭看见转身中的春花足踝拐了一拐，八音盒从她掌心中落了下来，在边界线上一蹦，义无反顾地滚到马路上。同一瞬间，春花的身体扑了出去，未等欧阳亭反应过来，春花已经摔倒了，五指张开的左手向前伸去。她没有够着八音盒，欧阳亭要去拉她，却来不及了，春花的身体已经进入了一辆出租车行驶的范围，突如其来的一幕把欧阳亭惊呆了，他简直不敢相信自己的眼睛，春花非但没有躲避，反而把左臂伸进了出租车的后轮。这个瞬间如同白驹过隙般短促，欧阳亭却看得异常清晰，他被春花的这个动作吓得目瞪口呆，他上前抱起奄奄一息的春花，春花的左臂无力地耷拉着，面孔像刷上了一层白色的油彩，没有一丝血色。

警察赶到了现场，因事发突兀，混乱的现场中出租车偷偷开走了。数分钟后救护车如风而至，春花被抬上担架，送到了距出事地点最近的曙光医院，这是一家中医三级甲等医院，其石氏伤科在海内外十分著名。

欧阳亭在手术单上签了字，候在手术室门外，等大夫走出来告诉他结果，他的海员制服浸染了鲜血，与布料蔚蓝的基调融合在一起，变作了一块块深棕色的硬痂。时间过去了很久，欧阳亭猛然记起了晚上佘卉的婚礼，他看看手表，时针已指向了八点，他又去看手术室写着"静"字的门，好像里面的无影灯暗了，果然春花被推了出来。一个医生表情沉重地走到他跟前，摘下了口罩说："你是小姑娘的家属么？很遗憾，我们没能留下她的左臂。"

泪水从欧阳亭眼睛里夺眶而出，他明白犯下了不可饶恕的错误，这个错误的渊源是那只已经丢失在马路上的八音盒，和他那有如灵感般闪现的恻隐之心。他坐在春花的病床旁边，注视着麻醉未退的小女孩，她左臂的下半部分不见了，截肢的断面被缠上了厚绷带，春花的面容安详而憔悴，嘴角隐藏着一抹淡淡的忧伤。

欧阳亭在医护值班室给家中拨了一个电话，电话挂通了，却没人接听。他又给母亲家中拨了一个，出乎意料听到了皎君的声音，他问女儿："你怎么会在奶奶这儿？"皎君反问："你怎么没来吃佘卉阿姨的喜酒，我们等了很长时间你都不来，妈妈生气了。"欧阳亭说："爸爸有事赶不过来吃喜酒，你让妈妈听电话。"

话筒里响起的却是顾老太的声音："李菲刚才把皎君送到这儿来，现在又出去了，问她上哪儿，也没说。你答应她去参加婚礼的，怎么没去？"

欧阳亭说："我不是故意失约，我告诉你一件事，你千万不要跟李菲说，我不能把春花送走了。"

顾老太问："是她不肯？"

欧阳亭说:"不是,是她出了车祸,一只手没有了。"

顾老太在那头静默,欧阳亭仿佛看见了母亲凝重的表情,顾老太重新说话时声调有些颤抖:"怎么会发生这样的事呢?"

欧阳亭说:"一切都是在转眼之间发生的。"

顾老太说:"下一步你想怎么办。"

欧阳亭说:"事情发生得突然,还没想好如何处理,不过不能撒手不管。"

顾老太说:"你尽快拿个主意,不能走一步看一步,这事要让李菲知道了,她肯定接受不了。"

欧阳亭说:"所以你千万别跟李菲提这件事,皎君呢?我们说这些话她都听见了吧。"

顾老太说:"皎君在外间一个人玩呢,事到如今,我也只好帮你在李菲那头瞒着,不过你真的要拿好主意,长痛不如短痛。唉,春花也真是可怜,怎么运气这样坏呢。"

欧阳亭说:"今晚皎君在你这边睡觉,你关照她不要调皮,我就不和她说话了,我挂了。"

顾老太说:"差点忘记告诉你,吃晚饭的时候梅梅来过一个电话找你,你别忘了给她回个电话。"

欧阳亭说:"我手头没有她的电话,你替我找一下吧。"

顾老太说:"那你等一下,我去拿通讯本。"

欧阳亭拿到号码后压下了叉簧,重新在键盘上按下一串号码,电话通了,里面传来三表姐的声音,欧阳亭说:"梅梅,我是欧阳亭,你打过电话找我?"

三表姐说:"对,我打到你家没人接,以为你在舅妈家,结果你也不在。"

欧阳亭说:"我在外面,你说吧,什么事?"

三表姐说:"其实也没什么急事,我想问一下你昨天说的那个小姑娘情况怎么样了。"

欧阳亭愣了一下,疑惑地问:"你怎么会专门打电话来问她呢。"

三表姐说:"我今天去上班,听到单位里同事说有一对旅欧夫妇准备领养一个中国女孩。这对夫妇本来也是大陆出去的,已经入了瑞典籍,他们到我们局里来过几次,打听关于领养的政策,所以我想起了你说的那个小姑娘。你不是说她长得很漂亮么,等下次那对夫妇再来,我就给你推荐一下,如果成功了,你也算把人渡到家了。"

欧阳亭握话筒的手有点发抖:"谢谢你梅梅,可是已经不需要了,我把她送回捡到她的那个摆渡口去了,可能再也找不到她了。"

三表姐说:"那么就算了,我也是随便问问,也不一定成功的,既然你已经把她送走了,这件事也就结束了。不过你以后别再乱发这种善心了,弄得不好会引火烧身的。"

欧阳亭说:"你现在不也是在想帮她的忙么。"

三表姐说:"我是在帮你的忙。"

欧阳亭说:"当然,你是在帮我的忙,不管怎么样,应该谢谢你。"

三表姐说:"谢什么,那么就这样,我挂了。"

欧阳亭说了一声再见,把话筒放回电话机的叉簧,折回了病房,重新在春花的床前坐下来,他看着沉浸在昏迷之中的春花,麻醉剂的药力从她身上消失还需要一段时间。欧阳亭忽然感到了饥饿,他来到医院门口,吃了两碗扁担馄饨。此刻夜晚像一件玄色的袍子把上海笼罩起来,远处闪闪烁烁的灯则如同发亮的纽扣为黑夜袒露出一些肌肤。欧阳亭第一次感到了这座养育他的城市是那么陌生和不可亲近,他朝延安东路走去,像一个丧魂落魄的游卒。他来到春花出事的地点,看见了那只八音盒,它被彻底压坏了,某一辆车经过,把它弹到了马路边缘。欧阳亭将它捡起来,往回走,他思绪如麻,脑海掠过无数念头,他其实什么也没有想,不过是思绪涌来了。欧阳亭的面前浮现出春花露出整齐牙齿的笑容,如果春花没有那样一排整齐的牙齿,如果她长了一张惹人讨厌的面孔,后面的一切会不会就没有了。那摊血在欧阳亭眼中摇晃,欧阳亭心头一酸,他情愿那是一桩真正意义上的车祸,那样的话他良心上会好受许多。但他千真万确看见春花把手臂伸进了车轮,他永远也忘不掉那幅画面。

欧阳亭在街头电话亭给家里拨了一个电话,电话通了,没人接听,欧阳亭便在答录机上留了言,他撒谎说:"对不起,李菲,我没能来参加佘卉的婚礼。我现在在杭州,这是临时决定的。下午参加一个同学聚会,他们突然心血来潮要到杭州玩，因为其中一个人开着一部子弹车，就被他们一起拖来了。因为时间比较匆忙，没来得及跟你说一声，现在我们已经住下，可能会逗留一两天，我还会给你打电话，回家以后我会向佘卉打招呼的，再见。"欧阳亭将话筒放下，长吁了一口气，在夫妻关系中他并不经常撒谎，他对自己要求一贯严谨，具有这种秉性的人一般都很重视在别人心目中的形象，会有少许的自我强迫症。每个人都有自己的弱点，有的在出世时刻就已具备，至死都不会改变，在道德范畴中谁都不能认为善良是一种弱点，但在实际生活中它有时甚至还是缺点。譬如在春花的悲剧中欧阳亭就负有不可推卸的责任，他的善良是一把利刃砍断了春花的手臂。从这个意义上说，善良与邪恶又有什么区别？

欧阳亭又来到春花的病床旁，可怜的小女孩依然闭着双眸，欧阳亭把八音盒放在枕头旁边，把白色被单掀起一角，春花被绷带包裹着的左臂短了一截，异常刺目地将欧阳亭的眼睛弄疼了。他迅速抽回目光，脸也顺势扭开，他重新看见了春花的笑容，她已经醒了，她也许已经醒了一段时间。欧阳亭掀开被角的轻微触动惊动了她，她的笑容是苦涩的，幅度很小的，甚至没能露出那排整齐的牙齿，与其说那是真正的笑容，不如说那只是一丝笑意而已。春花注视着欧阳亭，瞳孔里似乎什么内容也没有，又似乎装满了千言万语。她翕动嘴唇，欧阳亭把耳朵贴近她，听到她轻轻吐出几个字："叔叔，我以为你走了。"

欧阳亭无言以对，春花便又悄然睡去。夜已深，倦意也向欧阳亭袭来，他把脑袋搁在床榻上，仿佛沉入了梦乡。

欧阳亭打了个盹，不久便睁开了眼睛。他看见春花仍双目合拢，安静地沉浸在睡眠里。

新的一天又拉开了浅灰色的帷幔，这是上海初夏的早晨，欧阳亭听到有人轻声叫唤，他坐在一把带靠背的椅子上，终于还是抵挡不住倦意，真正睡了一场。由于未能平卧，他的腰背产生了隐约的酸楚，他把头转向春花，果然是她在对他说话，她好像已醒多时，欧阳亭发现她眼眶中闪着泪光，暴露于被单外边的断臂在晨曦中成为恐怖的特写。春花说："叔叔，你醒了？"

欧阳亭点了点头。

"我的手断了。"春花说。

欧阳亭去看春花说这句话时的表情，春花已把面孔掉了一个方向，她哭了。欧阳亭从她微颤的身躯上判断出她正在悲伤地啜泣，她压抑着自己的悲伤，直到控制不住而失声痛哭起来。

欧阳亭把手放在春花的额上，慢慢把头发拨到耳朵后，他的掌心很快沾上了一片潮湿。春花把脸转过来，她已哭成了一个泪人："我疼，疼极了。"

欧阳亭的手停了下来，凝固的姿势保持了片刻，他实在找不出适合的语言用来安慰春花。他叹了口气，词不达意地说："你口干么？喝点水吧。"

他喂了春花几口水，对春花说："叔叔给你去办住院手续，你再休息一会儿吧。"

欧阳亭来到大街上，去银行取钱。昨晚春花入院时他几乎付出了身上的全部现金，他知道春花住院还需要花不少钱，幸好他带着银行磁卡，里面有尚未取出的一笔远航补贴，它本该在前天傍晚取出，用来为皎君购买钢琴。动用这笔钱的副作用是欧阳亭可以预料的，他似乎已看到了李菲的怒容和皎君呼天抢地的吵闹。可欧阳亭没别的选择了，他走在通往银行的路上，行人注视他的模样有点异样，他低头打量自己，是身上的血迹引起了公众的疑惑。欧阳亭没有直接去取钱，他明白穿这样一身衣服上银行会产生的效果，他到一家个体服装店买了一套衣服换上，将脱下的海员制服塞在手提袋里，拎着它去把磁卡里的钱取出来。

欧阳亭为春花办完住院手续，为她申请了一个特护。他回到病房，对春花说要暂时离开，在他回来之前，会有一个阿姨专门来照顾她，有什么要求她可以对阿姨说。

春花的眼圈红肿，对欧阳亭说："叔叔，你不会不回来了吧。"

欧阳亭说："不会的，叔叔办完事就回来。"

春花身体朝上方移了移，用右手艰难地抓住了枕边的八音盒："叔叔，请你把它带出去丢掉好么？"

欧阳亭从春花手中接过八音盒，它已破损不堪全无美感。欧阳亭不明白为什么要去把它找回来，这个举动如同在梦游之中完成。在医院门口，欧阳亭把它扔进了一辆环卫小推车。

欧阳亭回到家中，把制服浸泡在佳美洗衣粉液里，这个牌子的洗衣粉对祛除血迹效果颇佳。欧阳亭到里屋听电话录音，他昨晚留下的那段话已被擦掉了。他给李菲单位打了一个电话，李菲听到他的声音，语气有点恼火："你在杭州一定玩得很快活吧。"欧阳亭说："我已经回来了，我想要佘卉的电话，向她赔礼道歉。"

李菲冷笑道："不要虚情假意了，谁吃你这一套。"欧阳亭说："不要为这件小事上纲上线了，你知道我也是身不由己。"李菲说："你只知道照顾朋友的情绪，想到过我的情绪么？一个人带着小孩吃喜酒，人家还以为我是离婚女人。"欧阳亭说："这次是我不对，下不为例好么？"李菲说："你真的到杭州去了么？"欧阳亭一惊，没有立刻接上茬，李菲冷笑了一下说："反正真的去了哪里只有你自己知道。"欧阳亭赔着笑脸说："我真的去了杭州，我为什么要骗你呢。"李菲说："别再掩耳盗铃了，要是真去了杭州，为什么说话打结呢。"趁欧阳亭语塞的间隙，李菲继续说："你不用紧张，我可不会吃饱饭没事一查到底，你肯定在想我昨天晚上去哪儿了吧。我可以正大光明地告诉你，我去跳舞了。"欧阳亭说："我可没问你，不过你喜欢跳舞的话，我可以陪你去跳。"李菲说："就你那几步烂脚头，我还不愿意跟你跳呢。"欧阳亭说："那么就不跳吧。"李菲说："你不是要佘卉的电话么，还要不要？"欧阳亭说："你给我吧。"李菲说："我看你不是真心实意想道歉，就不要为难自己了。"欧阳亭说："那样的话，等我下次遇到佘卉当面向她赔礼吧。"李菲冷笑了一下："随你的便，我正在忙，要挂了，有什么事晚上再说吧。"

忙音在欧阳亭耳朵里响起来，他耸了耸肩，在沙发上呆坐片刻，起身去洗衣服。由于血迹干的时间过长，他花了好大劲才搓掉了污秽，晾在阳台的竹竿上。

春花的左下臂被截肢后，给欧阳亭造成的心理压力是显而易见的，他处在了巨大的自我怀疑之中，对春花的命运产生了深切的担忧。他一直在思索如何把此事了结，却理不出任何头绪，在他人生的经验中，可供参照的事件无论是直接还是间接都是零。这个唯心主义的城市插曲，在九十年代下半叶的上海，并不具有普遍的意义。

欧阳亭最终下定决心，放弃春花，在这之前，他准备为春花装上一副假肢。他向114查号台要来了假肢厂的电话，他得到的消息是制作假肢是一个复杂的工艺，价格昂贵，而且由于春花是未成年人，假肢必须隔几年更新，方可与患者发育的身体相吻合，所以这其实是一个跟踪服务的医疗工程，费时费钱，非一般收入家庭可为。

理智告诉欧阳亭，他不可能使假肢计划付诸实施，因为那样他付出的代价将是整个家庭。倘若他执意去做，他现有的生活秩序必会分崩离析成一堆废墟。他不能去冒这个险，他是一个热爱家庭的人，他爱妻子和女儿，他不能让她们受到伤害，他必须速战速决，让自己回到正常的生活轨迹中来。

下午三点钟，他重新来到春花病床前，此前他特意过了一次江，去八佰伴买了一只相同款式的八音盒。他的出现使春花露出了笑容，真正意义上的笑容，露出整齐牙齿的笑容。春花的精神状态比欧阳亭上午离开时好了些，不过脸色仍十分憔悴，皮肤是失血之后特殊的惨白。当欧阳亭撕开外封把崭新的八音盒展现在她面前时，她惊讶极了，一抹惊喜之情漫过了她的五官，但她的快乐仅仅维持了几分钟，她抚摸八音盒的右手停滞下来，盯着欧阳亭的眼睛说："叔叔，我知道了，你送给我八音盒是为了向我告别。"

欧阳亭眼里噙满了泪水，春花的善解人意使他感到心碎，他咽回了本来准备好的话，对春花说："叔叔不会离开你的，叔叔每天都会来陪你，直到你出院。"

欧阳亭临近黄昏时分才离开病房。他对春花说："叔叔明天上午再来看你，你要听医生和阿姨的话，让伤早一点好起来。"

欧阳亭回到家中时，李菲已回来，欧阳亭没看到皎君，他问李菲怎么没把女儿带回来。李菲说："我一下班就忙着往家里赶，要洗要烧，你现在又不上班，我还以为你会去接女儿呢。"欧阳亭说："你又事先没对我说，皎君现在还在妈妈那儿？她今天没上幼儿园？"李菲说："你妈妈肯定陪她玩了一天，我估计待会儿会把她送来。"欧阳亭说："那你多准备两个菜。"李菲说："你倒是挺忙的，刚玩过杭州，又上哪儿了？"欧阳亭说："待在家里挺闷的，出去转转。"李菲说："你到钢琴公司问过我们要的那种型号来了没有？"欧阳亭说："打过两个电话老没人接，明天再接着打吧。"李菲说："别忘了多催他们两次，皎君的钢琴班快要开课了。"欧阳亭决定再撒一个谎，走到李菲背后说："你猜对了。我昨天没去杭州，其实在咖啡馆泡了一晚。"李菲回过头，吃惊地看着丈夫："你怎么会有这么好的兴致。"

欧阳亭说："我钱包被偷了，里面是刚从银行里提出来准备为皎君买钢琴的钱。"

李菲说："你说什么，你有没有去报案？"

欧阳亭说："没有，没报案，报案有什么用呢。"

李菲说："不管有用没用，都应该到公安局挂个号，万一他们抓住那个小偷呢。"

欧阳亭说："你知道这种无头案的破案率是很低的，再说就算以后抓住了小偷，钱也早就被花掉了。"

李菲说："你这个人怎么一点自我保护意识都没有。不行，钱在哪儿被偷掉的，现在跟我一起去报案。"

欧阳亭说："我也不知道在哪儿被偷的，如果知道的话就不会被偷了。"

李菲说："那么多钱就这样算了？"

欧阳亭说："怎么办呢，破财消灾吧。"

李菲说:"那么多钱,就这么轻描淡写一笔带过了?你态度有问题。"

欧阳亭说:"钱被偷了,我也很难过,但那不是以人的意志为转移的,每个人都有可能遇到这种倒霉事,只不过这次刚巧碰到了我头上。"

李菲说:"你答应给皎君买钢琴的,看你怎么向她交待。"

欧阳亭说:"其实家里也不缺这笔钱。"

李菲说:"家里的积蓄是准备买房的,可不能动。"

欧阳亭说:"实在不行,我只能到外面去借钱给皎君买钢琴了。"

夫妇俩正在不开心,外面响起了敲门声。欧阳亭听户外的声音就知道是母亲和女儿到了,把门打开,果然是顾老太祖孙俩。他和李菲的拌嘴暂告一段落,两人装出什么事也未曾发生的样子。

一家人共进晚餐的时候,应验了哪壶不开提哪壶的老话,皎君向欧阳亭询问起钢琴的事,欧阳亭正在咀嚼的咬肌僵住了,从眼睛的余光中,他注意到李菲正观察他,便故作轻松道:"快了,钢琴公司说再过两天就能到货了,保证赶在钢琴课开班之前搬回家。"

李菲朝欧阳亭一瞥,欧阳亭去看母亲,顾老太正在夹菜,未留意儿子与儿媳的面部表情。欧阳亭对皎君说:"快吃吧,把碗里的饭吃完,不要浪费。"

顾老太晚餐后回家，欧阳亭送了母亲一程，顾老太对儿子说："你和李菲不开心，为了什么？"

欧阳亭说："知道瞒不过您，其实也没什么，夫妻之间的小吵小闹而已。"

顾老太说："那个小姑娘的手怎么会断的？"

欧阳亭说："实际上她的手是为我而断的，她把我从一辆车子前面推开，自己被另一辆车子撞倒了。"

顾老太吃惊地看着儿子，欧阳亭也被自己的话吓坏了，他不明白怎么会编出这段子虚乌有的情节来。母子俩的对视一掠而过，欧阳亭明显感受到了母亲的复杂心绪。两人又行了一程，不知不觉中到了23路终点站，从这里始发，不用换车，可直达离顾老太住处不远的车站。倘若沿途不遭遇堵车的话，顾老太二十分钟就可到自己家中了。

欧阳亭一直想让母亲搬来同住，顾老太一直没有同意，她向儿子解释说："你经常出海，媳妇虽是半个女儿，毕竟不是自己从小养大的，待在一起时间一长难免会有摩擦。再说自己毕竟还不是很老，料理家常没什么问题，等你回到岸上工作以后再说吧。"

时值黄昏与夜晚的临界，23路终点站上的乘客稀稀疏疏。由于高峰时段已过，停在站牌附近的班车已有六七辆，它们今夜将不再运行，而正在行驶的车辆仍未靠站。大家等得有点不耐烦，有人靠在站牌的铁杆上抽起了香烟，这是一个无所事事的生活场景。

终于，一辆23路公交车一路轻颠而来，人们自动聚向车门，准备抢占一个座位，公交车嘎的一声停下，车厢内的乘客在折叠门开启后鱼贯而下。须臾之间，有个女声尖叫道："谁偷走了我的钱？"这句话如同一个口令，使刚刚下车的乘客们面面相觑，彼此以怀疑的表情搜索着。极为短暂的沉寂之后，人群像炸了锅，心虚的小偷终于自我露馅了，那是一个脚步明显加快的小伙子，穿着一件灰色格子衬衫，向着江边码头方向跑去。发现了目标的乘客一边叫着捉贼一边奋步疾追，穿格子衬衫的小偷跑出去约三十米远被对面的行人擒住了，两个穿工人装的中年人押着俘虏朝事发地走来，顾老太问欧阳亭："你怎么不去捉那个小偷？"欧阳亭说："刚要去追，已经被捉住了。"顾老太说："我上车了，别再和李菲吵了，夫妻之间，吵架最没意思了。对了，还有春花的事，你准备怎么办。"

欧阳亭不语，不知如何回答母亲，他被这件事弄得焦头烂额，似乎对春花产生了淡淡的恐惧，他已不能控制此事的走向，有种被人牵引的心理错觉，所以对母亲的提问，他无言以对。

小偷被押到了乘客们中间，遭到了殴打和痛斥，那个被窃的女人朝他脸上吐了好几口唾沫，怒气不休地用中跟鞋去踢小偷的身体，突然她的头颈被勒住了。与此同时，顾老太也被人拉到了一边，她们都成了小偷同伙的人质，脖子被架上了雪亮的水果刀，两名歹徒对着人群大叫，放开他，不然我们要杀人啦。

形势突如其来的转折使人群立刻涣散,穿格子衬衫的小偷在同伴的招呼下上了那辆23路公交车,这时人们才发现司机也被劫持了。折叠门合拢,车轮开始滚动,欧阳亭被眼前发生的一幕惊呆了。他跟在车子后面撒腿狂奔,急于逃离的歹徒们逼迫司机把车子开成了一匹脱缰野马,没过多久就把欧阳亭甩开,留下黑色的废气扬长而去。

气喘吁吁的欧阳亭在马路上走着,他狂奔了将近五站路,背后传来了警车的啸鸣声,一定是有人报了警,他回过头,站在马路中央,展开双臂做出拦车的架势,警车飞快地向他冲来,在离他数米之遥处强行刹车。欧阳亭对把头探出车窗的警察说:"我是被劫持者的儿子,求你们带上我。"

警车重新开始了追捕,警察带上了欧阳亭,一路上欧阳亭听到警察们冲着对讲机喊个不停,他知道那辆23路已在龙华路被拦截了下来。

欧阳亭乘坐的警车赶到龙华路现场时,警方喇叭的政策攻心早已开始,关押人质的23路被几辆吉普和警车包围。欧阳亭被这个美式枪战片中常见的画面弄得紧张极了,想到危险中的母亲,他觉得有只手在心脏上拧了一把,然后又拧了一把。

警方与歹徒们相持了一个夜晚。黎明降临的时刻,歹徒内部出现了分裂,他们自行争吵,彼此的谩骂传出车厢,欧阳亭害怕他们情绪失控杀人,掌心攥出了汗水。

情况没有进一步恶化,经过一番辩论,歹徒打开折叠门释放了第一个人质,那个钱包被窃的妇女。作为交换,警方给歹徒送去了烟和盒饭。歹徒第二次释放人质是在下午六时,他们用顾老太和司机换来了警方从轻处罚的承诺,然后这伙年轻的小偷举起双手走出了车厢,被押上警车。

欧阳亭上前搂住顾老太肩膀,他明显感到母亲的身体在颤抖,他不知如何安慰老人,只是一个劲地说:"好了,一切都过去了,我们回家吧。"

这时才想起给李菲打电话,把事件的原本始末说予李菲听,他说,我一直担心妈妈的安全,太紧张忘了及时通知你。

李菲说:"我已从报纸上知道这件事,没想到是妈妈被劫持了,上帝保佑,没有出事。"

欧阳亭说:"我现在送妈妈回家,你也来吧。别忘了买点点心,我和妈妈已经饿坏了。"

顾老太一到家中就在床上躺下来,经过一昼夜的恫吓,她已支持不住,等到李菲和皎君到来,已经睡着了。李菲在经过瑞金二路永和豆浆店时买了一些点心,由于是打的而来,赶到顾老太家时点心还保持着温度。欧阳亭冲了一杯牛奶,将顾老太唤醒,让她吃点东西,顾老太声称没胃口,只咽了几口牛奶和半块面饼,又昏昏睡去。为不打扰老人,欧阳亭拉灭了里屋的灯,走到外间,李菲母女也跟了出来。

欧阳亭详尽地向李菲描述事情的过程,他仍然心有余悸:"我当时真的被吓坏了,回想起来,连妈妈是怎样被歹徒绑架的也没弄明白。我们正在说着话,转眼妈妈便被拖到了车子上,那一刻把我的魂都吓飞了。"

皎君用遥控板打开电视机,按动搜索键,找到她喜欢看的动画节目。李菲忽然把遥控板抢了过去,她瞄到银幕上好像正在播劫持案的镜头,她倒退了几个频道,然后把按键锁定在新闻板块,电视里确实在放那个案件的报道。皎君本来要吵,看见内容也被吸引住了,三个人同时专注地盯住了电视。画面中出现了四个小偷的逐个面部特写,随即银幕下侧伸出了一只采访用的麦克风,喇叭里传来一个女记者的询问:"偷窃失败以后,你们为什么要采用绑架人质这种极端的方式,要知道后者的罪行要比前者大得多,你们没有想到过后果么?"摄像机的镜头又过了一遍四个小偷的脸,欧阳亭这才发现他们是一伙十分年轻的贼,如果平时走在大街上,一定会被认为是高中生或者大学低年级学生。画面定格在一张唇上长有黑痣的面孔上,画外音问道:"你用刀逼迫司机开车的时候是怎么想的?"

"我当时根本来不及细想,VCD里这种场面很多,看多了,自然而然就派上了用场。"被问者回答。

"有没有想过后果呢?"

"没有,还觉得很带劲。"

"感觉自己像一个英雄?"

"有那么一点。"

"被警车拦截下来后是什么感觉?"

"穷途末路的感觉。"

"为什么拖了那么久才放人?"

"电影里都是这样的,另外我们的情绪也有点失控。"

"你们想到过杀人么?"

"没有。"

"后来你们争吵了起来,为什么?"

"因为棋走不下去了,谁都没招了。因为这是突发行动,谁都不知道它可能导致的后果。"

"最后一个问题,你们现在后悔么?"

"如果后悔可以作为审判的依据,我们当然后悔。"

画面切断,接下去是专题评析,电视台邀请了法律教授、社会学家和教师作为嘉宾,结合这个案件对青少年犯罪问题展开讨论。李菲把遥控板交给皎君,对欧阳亭说:"没想到作案的都是些孩子,他们父母看见了会怎么想。"

皎君把频道调到动画节目,回过头对李菲说:"妈妈,他们肯定是野孩子,没有父母管的。"

李菲问皎君:"你为什么这样讲?"

皎君说:"幼儿园老师讲的,没有父母管的孩子最爱闯祸。我们班的陈飞就是这样,他父母离婚了,都不要他,交给奶奶带,他特别捣蛋,上次还把徐媛媛从滑梯上推下来,流了好多好多血。"

欧阳亭吃着李菲带来的点心,他有些憔悴,一连几天都没吃好睡好，尚未从春花自残的阴影中解脱，又突然遭遇了危险的人质事件，他的脸廓似乎瘦了一圈，也可看作是昏黄光线下的错觉，作为一个国际海员，欧阳亭有着强健的体魄。数年前曾有一次，他们的货船在马六甲海峡遇到海啸，他与同事们在暴风中拼搏了两个昼夜，结果船保住了，船员们也全部获得新生。在那次海难中欧阳亭始终冲锋在最前沿，一刻都没下过火线，他身体的素质令船员们十分吃惊。事后他对同事们说他持久的耐力来自青少年时期打下的基础，从中学到大学，他一直是校园里的长跑冠军，而危难关头迸发出的意志力，则可能来自父亲性格中的遗传。

欧阳亭在大自然恶劣处境中表现出来的大无畏并不能转换成生活中的铁石心肠，他就像传说中那种侠骨柔情的男人，被正义感束缚和迷惑，把自己遐想成弱者的救世主，而在某个特定情境中马失前蹄，自身难保。

时钟不知不觉敲过了九点。为不影响皎君明天上幼儿园，欧阳亭让李菲先带女儿回家休息，他对李菲说："妈妈受了惊吓，情绪还没完全稳定，我今晚留下来不回去了。"李菲安慰丈夫道："妈妈不会有什么事的，你自己的身体也要当心。"然后拉起皎君的小手出了门。

欧阳亭找来一张毯子，躺在顾老太床榻右边的三人沙发上，他观察了一下顾老太的状态，睡眠中的母亲正均匀地呼吸，他放心地灭了壁灯，把毯子盖在身上。刚闭上眼睛，春花忽然出现在面前，露出整齐的牙齿微笑着注视他。欧阳亭叹了口气,幅度很小地翻了个身,瞌睡虫在他的眉宇间爬来爬去,少顷,呼噜声从他鼻腔里轻响起来。

不知过了多久,欧阳亭听到了母亲的叫唤,他睁开眼睛,壁灯已被拧亮,顾老太坐在床上对着他说话:"你听,外面好像有人敲门,这么晚了,会是谁呢?"

欧阳亭侧耳聆听,他听到了轻轻的却不是虚拟的敲门声,他看了看表,凌晨三点刚过。他来到外间问:"外面是谁?"

外面没人回答,敲门声却仍在轻轻地响起,他又问了一声:"外面是谁?"

终于有了回音,只有一个字:"我。"

欧阳亭立刻听出了来人是谁,他把门打开,春花右臂夹着那只崭新的八音盒,她脸色惨白,瞪着茫然的眼睛说:"你骗人,你说好来陪我的,怎么没来?"

欧阳亭觉得春花像一个小小的鬼魂,眼神转瞬间变得十分邪恶:"你以为这么容易就把我甩了么?别忘了我是为了救你才被车子压断了左臂,你怎么这么狠心就不来看我了?幸好我记住了来这里的路线……"

说完把八音盒扔在地上,由于只有一条手臂,她的重心明显不稳,八音盒破碎的同时,人也差点摔了一跤。欧阳亭准备上前搀扶她,但她用右手扶住墙,控制住了身体的倾斜,她奔出大楼,回过头喊道:"我还会回来的。"欧阳亭没有去追她,他似乎被什么东西击中了,浑身一点力气也没有。他回过头，看见母亲倚在门框上，面无表情地注视着走廊边缘的一块凸出物。

欧阳亭像被鞭子抽了一下，飞快地追了出去。夜色如海洋一样涌过来，把他连同那个可怜的要饭小女孩一起淹没了。

数日后一个阳光灿烂的午后，穿着蔚蓝色制服的欧阳亭踏上了远赴南美的航船，他肩背挎包，右手拖着大号绛紫色的旅行箱。在阳光的折射下，他的制服上反映出一些不易识别的胡乱的抓痕。此刻，他站在舷梯上，看了眼绛紫色的大号旅行箱，把右手握得更紧了一些，他的袖口稍稍上移，使得黏附在手腕关节处的邦迪牌创可贴显露出来。欧阳亭回首朝码头上望去，仿佛看见露出整齐牙齿的春花正向他微笑告别。

写于 1998 年 12 月 28 日

我的姐妹情人

我的情人，你站在大家背后，藏在何处的阴影中呢？

——泰戈尔《吉檀迦利》

1

那天我、童北和乐一鸣在世界公园进行一次送别前的留影。世界公园是为了满足国内旅游和摄影爱好者的好奇心建造的。按浓缩的比例仿摹海外的建筑名作：埃及金字塔、法国罗浮宫、罗马古斗牛场、美国金门大桥、瑞典斯德哥尔摩森林火葬场、巴西圣·弗朗西斯教堂……估摸有五六十种之多。三个好朋友在景致前留下合影或单独的微笑。慢慢走到"悉尼歌剧院"前，乐一鸣对童北说："现在这张是假的，等你到了澳大利亚寄张真的回来。"

童北说："那没问题。"

现在，游人络绎不绝，照相机的咔嚓声此起彼伏。我们三人在"悉尼歌剧院"前站好，让一位友好的陌生人把我们摄入镜头。然后走向下一个景点，直到拍完所有的画面尽兴而归。

　　这次活动共拍掉两个三十六张装的富士胶卷，得到七十五张照片（多余的部分属于外快），并且在童北上飞机前交到了他手中。两个半月后，我们收到童北寄自澳洲的信，信上说，他已继承了舅舅的遗产，准备在当地开一家小型羊绒制衣厂。随信他附上了一张照片，果然是以真的悉尼歌剧院作为背景。我和乐一鸣看了，既为童北高兴，又禁不住涌起一份思念之情。

　　日子一天天过去，童北去澳洲转眼已一个春秋，随着光阴的推移，联络渐渐少了，从前在一起的快乐和悲伤慢慢变成了过眼烟云，那次游园留影也同样在脑海中模糊，只有照片还留在相册里，却已不大去翻动它了。

2

　　和那天拍照时的热情相比，今天的淡漠可说是一种对友情的背叛，分离时间久了，逐渐荒废掉了多年的友谊，这是一种无奈。有时想想，假如当初去澳洲的不是童北，是我或者乐一鸣，那今天我最要好的朋友就是童北了，还有一种可能就是乐一鸣和童北了。所以时间这个东西是不能轻视它的。有一次乐一鸣问我："有一天童北回来了，我们会不会像从前那样好？"我说不会，至少很长一段时间内不会。乐一鸣问："那会怎么样？"我说我们会很客气，彬彬有礼对待对方。说完我打了一下乐一鸣，对他说："我今天能冷不防揍你一下，说明了我们的友谊。"乐一鸣说："我懂你的意思，哪一天变得客客气气了，就不再是好朋友了。"

说这些话后的一个多月，就是今年秋天的某个下午，读书时的另一位好朋友孟阆冰从新疆来到了本城，一进门他便抱住我，在我身上擂了几下，然后又和乐一鸣拥抱，拍打着对方的肩和背。这一时刻，我对一个月前发表的那番高论有了怀疑。不过又过了一会儿，我所说的那种景象逼真地出现了，三个老朋友坐下来，表情都很收敛，客气极了。

分开有七年了，孟阆冰老了，看上去至少比实际年龄大五岁。这次来，他带来了女儿，现在，女孩偎依在父亲膝旁，一双大眼睛警惕地看着两位未曾见过面的叔叔。乐一鸣问："你叫什么？"

"北君，北方的北，君子的君。"女孩露出牙齿笑了，害羞地把目光移开。

我和乐一鸣夸奖着女孩的天真，孟阆冰看了看我，又看了看乐一鸣。

"童北呢？他现在好么？"他问。

我们告诉他童北去了澳洲，孟阆冰说："童北这一去，不知哪一天才能见到他了。"

看着他若有所失的样子，乐一鸣对我说："吕韩，你不是有我们和童北的合影么？给阆冰看看。"

我想起了那些照片，我找出相册，顺手把唱机打开，屋子里响起了肯尼·罗杰斯的《故乡之路》，我把相册交给孟阁冰。

孟阁冰接过相册翻动，北君凑过去，咯咯咯笑了起来。乐一鸣问她："看见什么了，笑成这样？"

北君指着照片说："你们都在装怪样，难看死了。"

乐一鸣逗她："难看？比你还难看么？"

北君小嘴噘起来了："你刚才还夸我漂亮，一会儿就说话不算。"

三个大人被她的天真逗乐了，孟阁冰说："叔叔和你开玩笑呢。"

"我知道，我也在和叔叔开玩笑嘛。"北君说。

这句话把大人们逼入了一个难堪的境地，大家面面相觑。我说："现在的孩子真聪明。"算是跳出了圈外。

忽然孟阁冰停止翻动，盯着相册发愣，坐在右侧的乐一鸣探过身去："怎么了？阁冰。"

孟阁冰用手指着画面，脸色变了。

乐一鸣顺着他手指的方向看着，奇怪地说："我想起来了，真像。以前没发现，被你一指才看出来，怎么会这么像呢，百分之百的像。"

听乐一鸣这么一说，我忍不住凑上去："哪儿呀？你们说的是谁。"

乐一鸣用手指给我看。

"这个背影，你看像谁？"他说。

我眼前的这张照片，景点是"悉尼歌剧院"。画面上，我、童北和乐一鸣攀着彼此的肩膀龇牙咧嘴，在我们身后，有一女孩的背影，正是乐一鸣指向的。我认出来了，我把她认了出来，我知道她不是她，她是那么小，在照片中显得那么不起眼，以至于在以前的浏览中没有发现她。她的背影，只是一个逼真的背影，幸好她没有回头，否则便不会使我吃惊，她简直像极了，没有面容的背影，真像。

3

那是一个夏天，干燥而炎热，太阳落山半小时，我踱出家门，走在没有路牌的小道上，耳边没有风。住宅小区有六个新村，我在三村，童北在一村，乐一鸣和孟阆冰（那时还没回新疆）在四村合租了一套房间。今天是周末，是我们约好玩牌的日子，此刻我走在去四村的路上，耳边一丝风也没有，刚冲过澡的我背上又有汗在冒出来，这样的天气，容易让人感到烦躁。

三村和四村衔接的地方，是一块方形空地，有几株树、几只石凳，平时打拳、下棋和乘凉的人都爱聚在这里。穿过这片空地，就到了四村，再拐弯走几分钟，就到了我们的赌场。

现在，空地上人很多，以至于我无法顺利穿行而过，又有一场纳凉晚会举行了，这种基本上属于民间自发的活动，已维持了许多年。初中的时候，我和童北也曾作为文娱积极分子被学校推荐来此一展歌喉。那时人小胆大,一点也不怯场,随着年龄的增长,遇到类似场合却要退避三舍了。这说明什么?成长是一种倒退的过程?

空地上聚集了一百多人,一些身手不凡的孩子还爬上了树。闷热的天,居民们仍愿意拥在一起看并不精致的节目,说明纳凉晚会具有某种喜庆的意味。喜庆是中国人崇尚的,还有热闹。

此刻,临时搭起的简易舞台上,正在演京剧《空城计》,一名中年男子摇着折扇,清唱道:"我正在城楼观山景,耳听得城外乱纷纷,旌旗招展空翻影,却原来是司马发来的兵……"下一个节目是少女的舞蹈。一个背影,一个长发女孩的背影,穿着玫瑰灰色的长裙,在音乐中轻盈起舞。音符像羽毛,她像一只优雅的仙鹤,长裙神秘的玫瑰灰像梦的颜色。她很瘦,瘦长,像《罗马假日》里的公主那样瘦,她的背影,黑色的长发,还有缓缓流动的旋律之河,动人极了。

现在,让我们回到那张照片,是它勾起了我的回忆,照片上的背影,很小,却逼真至极,一样的长发长裙,一样的瘦,然而她不是她,她没有回头,所以让我吃惊。没有面容的齐予,让我吃惊。

4

在那里我得到了灵感,女孩的舞蹈如同肢体的倾诉,那么美，那么抒情，神秘的玫瑰灰色的长裙在无风的夏夜飘起。她的脸，瘦削的面容，美丽而纯真，每一次旋转或跳跃都使我怦然心动，她出汗了，眼睛在说话，表达出一种羞愧、喜悦和自信交织在一起的语言。平心而论，她的舞姿不算完美，但在狭窄的简易舞台上，却能展示出一个辽阔的想象空间，她的专注和投入，加上她诗一样的容颜，让人无法抗拒，而这一切正是我所需要的。

两个月前，我得到了一份报酬很好的合同，为一家内地出版社完成两组不同题材的挂历摄影图片，一组是风景，一组是少女。前者只花了一个星期便大功告成，后者却因没找到合适的模特儿而耽搁下来。此刻，舞蹈的女孩带给我突如其来的创作冲动，她的舞姿在我眼中变成了一幅幅构图，它们是不完整的，又是非凡的，我断定我找到了她，她就是我寻觅中的模特儿。

我走到后台（一个用布圈成的露天帐篷），等着女孩下场。她下来了，玫瑰灰色的身影一闪，我走到她的身旁，对她说："你的舞跳得真好，小姑娘。"女孩看着我，漂亮的眼睛一眨不眨，帐篷里的一个女子向我走来，我从她的目光中看到了怀疑的神色，她说："你是谁？谁让你进来的？"没容我分辩，就下了逐客令："请你出去。"

我退了出来，十分钟后，女孩出来了，那个女子也陪同出来，朝二村的方向走去。

我跟随着，我知道她们对身后的存在终会介意，果然，我沉默的跟踪使她们停下了脚步。那个女子转过身（女孩也迟疑着配合了这个动作），不耐烦地问："你准备干什么？难道准备一直跟下去。"

"你误会了，我只是想和这个小姑娘商量一件事。"

"什么事，我们洗耳恭听。"

"我是一名摄影师，刚才看她跳舞，发现她很适合在我作品中担任角色。"我把名片交给那个女子。

她接过名片看着，"吕韩，职业摄影师。既然这样，你问问我妹妹愿不愿意与你合作，我不发表意见。"

女孩摇摇头说："不，我不想，我们走吧。"

女孩的姐姐对我说："这下死心了，我妹妹说不想。"她把名片还给我，"还是另请高明吧。"

我走到女孩跟前说："请你考虑一下我的请求，这组作品对我来说很重要，请你一定帮助我。"

女孩被我的认真和诚恳唬住了，看着她姐姐不知所措。

见此情景，女孩的姐姐只好说："这样吧，让我妹妹再考虑一下，我把你名片留着，如果她愿意，再按名片上的地址来找你，好吧？"

话既然已说到这个份上，还有什么可说的呢。我只好与这对姐妹道别了。看着她们走远，想起约好的牌局，我往回走，经过那块空地时，纳凉晚会周围的人更多了。我的三个兄弟已经等急了。我没有将刚才发生的事说给他们听，我心里乱糟糟的，牌也打不好，开局的时候手气很旺，但那个穿玫瑰灰色长裙的女孩老让我打错牌，渐渐我的手就开始发霉了，面前总是一条又臭又长的牌，我很沮丧，没有笑容，摸什么打什么。我听见孟阆冰偷偷对下家的童北说："这小子怎么了？丢了魂了。"

5

一连几天我都无精打采，穿玫瑰灰色长裙的女孩总在眼前挥之不去，我的热情一点点被失望覆盖，已经四天了，女孩不会来了，她也许已忘了那天的遭遇，绝不会来，我必须忘掉这个插曲。

又是新的一天，干燥了很多日子，终于下起了雨，雷电交加的雨。窗外，白色的闪电，随后是草席一样卷过来的雷声，恐怖的雷声，让人无话可说。

昨天收到出版社的信，告诉我那组风景已送审通过，希望少女一组也能如期交稿，这使我不得不抓紧手头的工作，可令人满意的模特儿至今没有着落。我泡在浴缸里一动不动，肯尼·罗杰斯在房间里唱歌，雷响了，歌声被瞬间淹没，然后，他仍在唱，《故乡之路》。

我一动不动，看着自己的身体，纤细的腿毛随着水纹而漂动，像是风吹着它们，其实没有风，风在户外。

外面响起敲门声，我把大毛巾围在腰际，打开门，那个女孩的姐姐站在那里，闪电来了，把她照得纸一样白，她的手臂和腿都是湿的,一只手提着雨伞,一只手提着裙子,只有她一个人,女孩没有来。

"你好,吕韩,我叫齐戈。"她走了进来。

我从背后打量她,她已长成,湿衣服勾勒出她的轮廓,由背至臀,恍若花瓶。

"你妹妹怎么没来?"我问。

"所以我来了。"齐戈的回答让我明白了她此行的目的。而且,看着她被淋湿的半隐半露的躯体,我猜出了她为什么选择了雨天光临。

肯尼·罗杰斯唱完了,我将唱片换成娜娜·莫斯柯莉。

"你懂我的意思么?"齐戈转过身来。

"当然。"我上下打量她。

她很匀称,不胖不瘦,漂亮、高挑、性感,但是没有我所需要的稚气。和女孩相比,她太成熟了,同样是美,女孩是鲜艳的花朵,她是妩媚的果实。

"齐戈,你也许误解了我的意思,我这次要完成的是一组题为少女的作品,你虽然很美,却不适合。"我的目光从她身上移开。

"你也可以拍一组女人风情之类的作品,是不是?"

"可是,目前我没有这样一份合同。"我察觉到了齐戈眼中某种摄人心魄的神色。

"只要你愿意,你能得到这样的合同。"齐戈的声音像丝一样柔软,这是一种摄人心魄的声音。

"你凭什么这样肯定?"我大惑不解。

"阁下是走红的青年摄影家,什么合同不能得到呢。"齐戈的话背后有话,她已知道了我的背景,在什么报刊上看到了关于我的报道。

我语塞了,确实有几家机构找过我拍成熟女性题材的照片,但我拒绝了。因为此类题材掌握不好尺度便会流于色情,圈子里有几位资深摄影家也因此使多年积累的好名声毁于一旦,所以对此类题材大家都避之不及,对约稿婉言谢绝,更不用说自投罗网了。

闪电晃过,雷声接踵而至。齐戈背对我开始解衬衫纽扣,宽大的衬衫具有质感的银色,从我眼中泻落下来,然后是同样银色的短裙、玉色的长丝袜。

她转回身,高跟鞋令她的腿更加修长,她妩媚的体态,充满了摄人心魄的魅力,像一匹良种小马。她的力量,占据了整个房间。

"我美么?"她说。

"很美,少有的美。"我说。

"这样的美在镜头中会如何?"她说。

"齐戈,"我说,"也许我没有表达清楚自己的意思,我不从事成熟女性题材的创作。"

"为什么?"她问。

"没有把握,没有把握的创作是危险的。"

齐戈听懂了我要表达的内涵,她笑了。

"担心自己的名声?"

"如果拍出的照片超出了艺术的局限,你不也感到尴尬?"

"我要拍的并非裸体。"

"问题并不是穿不穿衣服,照片是敏感的艺术,有时候一个细微的动作、一个眼神、一个手势,也会使画面违背原来意图。"

"你是一个没有冒险精神的人。"齐戈说,"那么我们用另一种方式来对待这件事。"

她从银色短裙的插袋摸出一张名片递给我。

她是时装模特,酥手时装表演队的队员。

"我们做笔交易,我们都是成人,不用拐弯抹角。"

面对这样的女人,理智像一只小皮球离开了我。现在,什么都在离开我,只留下我的身体,她的呼吸吹动我的头皮。裸露的身体在闪电中一览无遗。在她手中,我的大毛巾飞了起来,把我的羞耻带走。她的眼睛看着我,明媚的眼睛,盛满酒的颜色。

"看着我,会产生灵感。"她一丝不挂,做出各种姿势,房间里充满女人的身影,她的身影,赤裸的尤物。我上前拥抱她,吻她,缓慢而有力地与她做爱。"没有灵感,只有欲望。"

6

我们在凉席上躺了两个多小时。外面的雷雨还在继续,她穿好衣服要走了。她的形体,已留在我的脑海里,她身体的味道,留在我的身上。晚上,她还要来,带来她的妹妹。我没有送她,我开始后悔,烟消云散的欲望之后我开始后悔,我将为今天的事付出代价。我不恨齐戈,她丝毫没有骗我,她说出她的打算,以身体引诱我,没有逼我成交,我理智的小皮球回来了,但已太迟。

娜娜·莫斯柯莉换成了肯尼·罗杰斯。雨到晚上才停,整个下午我在床上仰卧着,像诗人里尔克说的:"眼睛里有些东西,绝非天空。"我的眼睛里没有天空,房间里飘满的是空虚和女人的气息。什么也不想,浑身赤裸,张着眼睛,外面的雷电没有了,我睡着了,直到敲门声把我唤醒。

孟阁冰来找我,他脸色灰暗,文联的录用通知书仍没有来,他的情绪低落,准备回新疆一次,他的父母来信说,祖母身体不好,可能活不过这个夏天。他准备回去,顺便把诗集出版的事落实下来,他小学时的一位同学在当地的一家出版社任编辑。说到诗,他的脸上才有点兴奋,诗对他来说太重要了,就像摄影对于我。

我对他说等一会儿将有两位美人光临,是我新找的模特儿,一对姐妹,姐姐叫齐戈,妹妹叫齐予,很美,是两种不同的美,截然不同的美,就像诗和摄影,一种是抽象的美,一种是具体的美。

听到了敲门声。我说:"她们来了。"

趿着拖鞋去开门,玫瑰灰色的长裙女孩,她站在门口,一个人,齐戈没有来,她很害羞,害羞的眼睛,不敢看我。

"欢迎你来,齐予。"

"我姐姐淋了雨,发烧不能来了。"女孩说。

"没关系。"我说,"认识一下我的好朋友,孟阆冰,他是一位诗人。"

孟阆冰伸出手,女孩缩了一下,伸出手,他们握了一下,女孩笑了,害羞的笑容,她的手臂又细又长。

我们重新回到房间,肯尼·罗杰斯就在我们旁边,他的歌声语焉不详。女孩站着,不知所措,手指在互相玩弄,这样的画面,让人怦然心动。

"你很爱跳舞?齐予,你的舞跳得很好。"我说。

"我爱跳舞,小时候就喜欢,但总跳不好。"女孩的手指交错在一起。

"齐戈说你是小鹰艺专的学生?"

女孩点点头。

"那是一所好学校,我的一位好朋友在那儿教书。"我说。

"原来你在童北的那所学校上学。"孟阆冰说,"那是不会差的。"

女孩笑了,诗一样的笑容,让人怦然心动。

"我知道童老师,他不教我,都说他表演课上得很好,原来你们都是好朋友。"女孩说。

"他是一个好老师,还是一个好演员。"孟阆冰说,"我们是同学，又是多年赌友。"

女孩笑了："你们也赌博，搞艺术的人也赌博？"

"偶然玩几局，消遣而已。"我给女孩一罐饮料。

女孩吸着吸管，乳白色的液体升起来，羞愧又出现在眼睛里，她垂下眼睑。

"齐予，你是不是经常拍照？"我注视她，她的眼睛里出现了迷茫的神色。

"我不常拍照，不要紧吧。"她问。

"那你是不是喜欢？"

"喜欢。"她说，"可我照片里不好看，你会失望的。"

"你很美，照片里会更美的。"我说，"跟我来吧。"

我的工作室是一个二十平方米的房间，女孩跟了进来，孟阆冰站在旁边，靠在墙壁上，看着女孩。

我镜头中的女孩不知所措，没有笑容，没有自信（目光中的倨傲也不翼而飞），与纳凉晚会上的女孩形成对比，肢体构不成美感。"我不行，我知道你会失望。"她笑了，勉强的笑容，她咬着嘴唇。

"不要紧张，只是试拍。"我说。

她姿势仍旧僵硬，没有张力，也不再笑，已白费了十几张照片，她越来越紧张。孟阆冰说："要不要音乐？"

我被提醒。"差点忘了。"我对女孩说，"齐予，我放一支舞曲，像那天一样你跳舞好么？"

女孩点点头，音乐来了，她跳起来，旋律中，她的局促慢慢消失了,玫瑰灰色的长裙款款飘起。我又看见了她,黑色的长发,纤瘦的身影,她笑了,眼睛里是喜悦之光。我按着快门,把她的舞姿连同她诗一样的容颜记录下来,她化作了一只鹤,她瘦削的面容,表现出一种超然,细长的手臂变成了翅膀,宽大的裙子在旋转中翻飞。她笑了,与刚才的笑完全不同,在她的舞蹈中,镜头消失了,我和孟阕冰也不复存在,空气中充满了她的身影,将她不算完美的舞姿渐渐淹没。此刻她就是纳凉晚会上的那个女孩,她出汗了,她笑了,她的稚气,她的让人无法抗拒的少女的美,正在成为图画。我听到诗人说:"她是天生的舞者,你的镜头装不下她。"

7

又是周末,齐予的照片洗出来了,除了前面十几张,余下的效果都不错,作为试拍,能得到这样的一些照片是令人满意的,我挑选了六张尤其好的,做了进一步的暗室处理,晾干放在桌面上,我听见齐戈在一旁说:"真棒,真的很美。"

"是很美。"我说,"美是一面镜子,人人都想照一下。"

齐戈是晌午来的,她换了装束,与上次的妖艳不同,她把自己打扮成一个素雅而宁静的淑女,一袭白袍,扎一根紫色腰带,戴了一顶香蕉形的宽檐凉帽,一双白色高跟鞋,让我吃了一惊。

她等着我洗出那些照片,一直到中午,我们共进午餐。她解下帽子,把头发放下来,我看着她,和她干杯,酒杯里是泛着泡沫的冰啤,她一饮而尽,这是第三杯,她脸上涌起了红霞,我注视着她,白袍内的躯体被衣服覆盖,却仍在我眼中。她笑了,看透了我的心思,站起来,把袍子脱掉,她看着我,问我:"怎么不说话?"这使我想起一句苏格兰格言:你从不与风说话,又如何向情人倾诉。我笑了,看见她一览无遗的乳房。很美的乳房,一对乳房。我站起来,她为我裸身,我的衣服在她手中变成一堆地上的云朵。她为我裸身,使我一丝不挂,可以与她做爱,进入她的身体。我这样做了,她是一个尤物。

下午,我们离开凉席,走进工作室,我为齐戈拍照,她在镜头前做出各种造型,白袍及香蕉形凉帽都已回到身上,她又变成了淑女。她笑了,络绎不绝地笑,抿嘴而笑、露齿而笑、侧身而笑、如水一般涌动的笑,我把它们摄入镜头,我的情人的笑容。

一个多小时过去,我们从工作室出来,继续我们的午餐,很快,我们又回到凉席上做爱。然后,齐戈裸着身体站起来,取来桌上的照片,六张照片,齐戈一张张欣赏着。

"齐予看见会很高兴的。"她说。

照片上的女孩,有一种孤寂的美,稚气的美,与世俗不相干的美,她就是齐予,少女齐予。"真的很美。"齐戈说。

"你也很美。"我说,"你是一个美人。"

齐戈笑了,亲吻我的脸颊,乳房在我肩头擦过,她问:"喜欢我么?"

"喜欢。"

"喜欢什么?"

"你。"

齐戈的提问没有用"爱",而用了"喜欢"。而我的回答用了"你",而不是"你的身体"。我们都笑了。

"晚上干什么?"齐戈问。

"赌牌,没有特殊情况,周末我们都赌牌。"我说,"四村有我的一个赌场。"

"我也去好么?"

"你要去?"

"去看看你的赌场。"齐戈说。

8

我们来到四村,像上次那样,我继续输牌,齐戈坐在我身边,嘲笑我的输。并非我一个人输,童北和乐一鸣也在输,一个劲地输,不怀好意地输,把孟阁冰弄得面孔通红,他终于站起来,一推牌,把赢的钱都扔在桌上。

"你们是赌钱还是送钱?太瞧不起人了。"敏感的诗人很激动。

"何必呢,阕冰。"童北说,"一点赌品也没有。"

诗人脸上的红潮渐渐隐退,面色变得苍白:"你们这样,不是逼我去了不回么?"

乐一鸣把他劝进了里屋,片刻,诗人的哭声传出来,像女人的哭声,也像时续时断的唢呐。

我很吃惊,把脸转向童北。

"文联没录用他,白白等了一年多,现在他要留下来的唯一机会就是读博士了。"童北说。

乐一鸣走了出来,对我们说:"阕冰说他下礼拜回新疆。"

我不吃惊,因为我事先已知,我故意输钱也是因此。我想知道的是,我们的诗人在此刻回家,不知还会不会重返本城。

9

若干年后的今天,孟阕冰已是一位文学教授,他没有留在本城,回到了新疆,他不再写诗,人已老颓,其实我们都是四十不到的人,他的年轻的老(相对老人的年轻)是真的老。这次来,他带来了女儿,他翻着照片,女儿在旁边观看。他发现了那个背影,先是乐一鸣,随后是我,皆凑过去看,我们把她认了出来,没有面容的齐予。她不是齐予,不会是,但像极了,一模一样的像,她出现在照片里出人意料。

那年夏天,孟阆冰踏上了回乡之路,我们都认为那将是一次长别,大家去火车站送他,就像后来我们送童北去澳洲时一样,一样的嘱咐,一样的忧伤,一样的难舍难分。诗人走了。剩下的三个好朋友离开月台,一路无话。

晚上,齐氏姐妹来看照片,齐戈又换了装束,粉红色衬衫配浅绿长裤,漂亮女人穿什么都美,齐予也换了衣服,虽然长裙依旧,却改成浅绿色,和齐戈裤子的面料一模一样。她们在沙发上坐下,手里都有一把折扇,檀香木扇,她们轻轻摇晃,因为远,我没有闻到香味。我从冰箱里取出饮料,调整了一下电扇的方向,把易拉罐给她们姐妹,电扇的风吹过来,姐妹俩收起折扇,接过饮料。

我把洗好的照片给她们看,她们都笑了,赞美我的手艺,其实是赞美自己的美,我和她们一样高兴。她们看完自己,又交换看对方的照片,齐予只有六张,齐戈有十七张。齐戈在镜头前的造型舒服,表情也很自然,所以照片有很大选择余地。欠缺的是,它们只是常见的美人照,任何稍有镜头感的摄影师都能拍取,作为艺术范畴的摄影,这些作品看不到性格,它们是会立刻被注意又立刻被遗忘的照片。和齐予的那些完全不同,齐予的照片,在形体之外,有意味存在,它分布在每一块阴影里,这种意味与镜头吻合在一起,构成简单而隽永的美。

照片从姐妹俩手中调换过来,她们看着自己的照片,爱不释手。齐戈说:"这些照片除了编挂历,是不是可以发表?"

我注视着她:"上次玩牌时你见到的乐一鸣,他是《南方人间》的记者。"

"实在好极了。"齐戈说。

"这下你可以出名了。"我把头转向女孩,"齐予,明天你换上那件玫瑰灰色的长裙,我们把照片拍完。"

第二天午后,女孩来了,如同梦中的仙鹤,我们来到工作室。女孩在舞曲中起舞,玫瑰灰色的长裙恍如梦的衣裳,相比试拍,女孩的拘谨几乎消失,她的舞姿挂满了墙壁和天花板。正如孟阕冰所说,她是一个天生的舞者,我的镜头并不能容纳下她全部的身影,她舒展的长臂又细又长,扬起的黑发仿佛吹乱的烟尘,她的剪影,神秘而朦胧,在悠扬的旋律中,她笑了,她的美同样神秘,同样朦胧,让人怦然心动。

我得到了所要的照片,可以向出版社履行合同了。第二次照片洗出来后,我进行了筛选,在第一次的六张中挑了两张,在第二次的二十三张中挑了十张,一本挂历的原始照片便大功告成。我想,出版社一定会喜出望外的。

10

平时我和兄弟们忙于自己的事,周末的玩牌便成了聚首的方式。孟阒冰一走牌玩不成了,齐戈提出她可以替进来。几天不见,童北剃了个光头,最后一个走进来,让我们吃了一惊,他乐呵呵道:"我在《鸳鸯蝴蝶梦》的角色定下来了。"乐一鸣说:"演一个和尚?"童北说:"演一个秀才,要上头套。"大家恍然大悟,童北说:"反正天也热,不在乎。"乐一鸣摸了摸童北的光头:"还是像和尚。"童北说:"我已请了半年假,摄制组要去北方,过几天出发。"我问:"什么戏要去这么久?"童北说:"二十集电视连续剧,我演男一号,一个清朝的坏蛋秀才。"乐一鸣问:"怎么坏法?"童北说:"坏极了,简直太坏了。"

我们都笑了,我把齐戈的照片交给乐一鸣(事先已给他通了电话),乐一鸣对上家的齐戈说:"这事我会办妥,作为回报,今天你应该多给我吃牌。"齐戈笑着答应了,我们开始玩牌。

八圈下来,已过了十一点,散了牌局,在楼下道别,童北走了,乐一鸣上楼。我送齐戈回家,天热,新村里还有不少纳凉人,齐戈问我:"童北是哪个剧团的?"我说:"他是小鹰艺专的表演课老师,拍戏只是业余爱好。"齐戈说:"那不是我妹妹的学校么?"我说:"是那个学校。"齐戈说:"真巧。"我说:"其实街上就这么些人,很容易就碰到了。"

齐戈家到了,齐戈对我说:"吕韩,有件事忘了告诉你,酥手时装队要去南方巡演,后天就走,可能会有较长日子的行程,我们要分开一段日子了。"我说:"那么预祝你演出成功。"齐戈吻了吻我的脸颊,踏上楼梯,我对着她的背影说:"和齐予说一声,有空来取照片。"齐戈说:"我会告诉她的,再见,晚安。""晚安,再见。"我说。

11

新村旁淌过一条护城河。护城河旁有一个没有名字的咖啡馆,只能坐十来个人。女孩第三天中午来取照片,然后我们去咖啡馆。坐下来,女孩要了芒果汁,我要了冰啤。女孩把照片放在茶几上,它们用一张牛皮纸整齐地包着,像一只没有落款的信封。女孩轻声说:"我没想到自己会有这么多好照片,不知道怎么谢你。"我笑了,注视着她诗一样的面容:"这话应该我说给你听。"女孩笑了,手从纸包上移开:"我姐姐昨天走了,去南方演出。"我点头表示知道。女孩说:"姐姐让我提防你,让我别来。"我看着她说:"那她不用告诉你来取照片。"女孩说:"那是另一回事。"我说:"你也可以不来。"女孩说:"照片吸引着我。"我说:"很像一个悬念。"女孩说:"不然你可以让我姐姐带给我。"我说:"真成一个悬念了。"女孩的手又回到纸包上:"我要走了。"我说:"我送你。"女孩笑了:"不用了。"

她站起来,穿着玫瑰灰色的长裙,身体鹤一样削瘦,她要走了。我端起啤酒,靠近嘴巴,眼睛里是女孩转身离去的背影,这时,一个人走过来,用声音阻止了她。"齐予。"那人的声音明亮而飘逸,是个美貌少年。

少年身后,站着四个同样俊美的男孩,高大、纤瘦,非常年轻。说话的少年显然是他们的头,此刻他正被烘托着,骄傲的面孔转向我,我看见他漂亮的脸上泻出邪气的眼光,和他伙伴们的眼光如出一辙。女孩的脚步停滞下来,面对从天而降的队伍,她的动作有点迟疑,她重新在我对面坐下,端起尚未喝完的芒果汁,用吸管吸着。

男孩的队伍松动了一下,为首的男孩笑了,同伴们也笑了,他们带着幸灾乐祸的笑容开始撤退,他们鱼贯而出,腰板挺直,像树移出了咖啡馆。

"你出不去了,"女孩说,"他们在门外等着。"

我没说话,目光移向户外,那里有人影走动,做着吸烟的姿势。

"送送我吧。"女孩说。

"他们是谁?"

"我学校里的同学。"

"为首的那个呢?"

"一直在追我。"

"明白了。你走吧,我不能送你。"

"求求你,送送我吧。"

我站起来,以很快的速度走出咖啡馆,没等女孩赶来,已被少年们团团包围,我没还手,我的身体被饥饿的拳头饱餐一顿。女孩奔过来,却被两个少年拖开,他俩拉着挣扎的女孩，如同带走一缕玫瑰灰色的烟，女孩裸露的小腿渐渐远去，她失去了一只皮鞋（追她的少年捡起了它），然后她的身影连同呼叫在新村里完全隐遁。对我施暴的三个少年停下拳头，以赛跑的速度逃离现场，留下受伤的我倚在墙上，路人以怀疑的神色端详着我，使我产生百口莫辩的无助之感。

回到居所，在凉席上躺下，上楼的时候，我取出了信箱里的报纸，里面夹有一封寄自本城美术出版社的信，把它打开，信是一位熟悉的副主编写的，他对我前几天寄去的十二张成熟女性照片赞不绝口，认为它们是难得的挂历素材，很快会列入出版计划，并且他认为《妩媚》这样一个标题也颇吸引人，他唯一不满意的是我没署上自己的真实姓名，而用了一个"秦人"代替。在信的末尾，他笑嘻嘻地问，"秦人"是不是"情人"的意思？玩笑式的提问使我惊叹男人在这方面的领会力是何等惊人。

报上照例是一些不甜不咸的消息，一则简短的新闻引起我的注意：本城著名酥手时装表演队前往南方巡演，已于昨日启程。

身上伤痛又开始提醒我，阳光暖洋洋的，我被揍得不轻，斑块状的光线照在我手臂上，那儿有一处瘀血，我爬起来，把窗帘关上，再小心翼翼躺下，我睡着了，没有音乐和阳光的下午，我遍体伤痕，睡在凉席上。

夜深人静时分才醒来，疼痛有所缓解，感到了饥饿，去厨房找食物，冰箱里有半只西瓜，用调羹把它吃完了，准备把瓜皮扔进门外的塑料桶里。刚打开门，黑暗中有个人影向我走来，她是齐予，她瘦长的轮廓如同仙鹤，她站在我眼前，闪烁着泪光，她哭了。

眼泪从她脸颊上滑落下来。"我是逃出来的。"

"为什么不早点敲门？"

"我怕连说声对不起的勇气也没有。"

"你就一直等下去？"

"吕韩，对不起。"

"你来了，我很高兴，我以为再难见到你。"

"你是因我被打成这样，我不能不来看你。"

"没关系，没伤到筋骨。"

"疼么？"女孩细长的手臂伸过来，冰凉的小手抚摸我脸腮的伤处，"很疼吧。"女孩说。

"已经好多了，忘记这件事吧。"我说。

"我害怕。"女孩的手离开我的脸腮，"他们出手这么重。"

"他对你的爱有点过了头。"我说。

"陪我说说话，我怕极了。"女孩的脸在灯光下显得蜡黄，她在发抖。

我让她坐在沙发上，转身去开唱机，是娜娜·莫斯柯莉的歌声，寂静的夜晚，歌声如同天籁。

我在凉席上盘腿而坐，看着女孩，她似乎睡着了。

12

女孩常来我这边,她是个嗜睡的女孩,常常聊到半途就睡着了。她父母很早就在一次火灾中丧生,她和姐姐相依为命,是齐戈把她带大的。说到这里女孩的眼泪流了下来,她这么容易哭泣,和外表的倔强完全背道而驰。

"我给你拿饮料。"我说。

"不用,只要一杯水。"女孩低声啜泣,过了一会儿,她说:"我想跳舞。"

我给她倒了杯水,把娜娜·莫斯柯莉换成舞曲,女孩跳了起来,风从窗外吹入。天气开始转凉了,女孩的玫瑰灰色的长裙在风中缓缓飘起,她瘦长动人的身影如同剪纸。她旁若无人地舞蹈,直到疲倦,她把一杯水一口气喝了,她笑了,回到沙发上问我:

"我跳得好么?"

"你是为舞蹈而生的。"我说。

"明天我回学校,又可以学到新的舞蹈了。"她说。

"是呀,暑假过去了,你要走了。"我说。

女孩走到我的凉席上,在我身边躺下:"我喜欢你,喜欢你为我拍的照片。"

"我可以为你拍许多照片。"我看着她的眼睛,她的眼睛有很淡的忧愁:"明天我要回学校了,我有点害怕。"

"那个男孩?"

"我什么也没有答应他。"

"他爱的方式的确冲动。"

女孩把头转向我,看着我,她说:"你不是也以同样的冲动爱上了我姐姐?"

看着我迷惑的神态,她笑了,那是一种没有笑的笑容,她说:"其实那天的事是我背后指使的。"

"哪天的事?"

"那天在咖啡馆,那些男生打了你。"

"是你?为什么要这样做。"我不相信地看着她。

"为了能和你在一起,"女孩说,"为了能心安理得和你在一起。"

"我不明白。"我说。

"我知道你和姐姐的交易。"女孩说。

"什么交易?"我说。

"她想出名想疯了,所以当你的情人。"女孩说。

"就算这样,也是成人间的游戏。"我说。

"没有爱情就睡在一起是卑鄙的,应该受到惩罚。"女孩说。

"你的惩罚有点过了头。"我说。

"假如没有那天的惩罚,我怎么说服自己和你在一起。"女孩说。

"你想试图找到某种可笑的心理平衡。"我说。

"我想和你在一起，我以为那样可以抵消你们之间的肮脏交易，我错了。"女孩没有笑的笑容变成了哭泣，眼泪顺着脸腮滚落在凉席上。

我用手指拭去她的泪珠，她一味地哭，无声地流着泪，我的手指一遍遍拭去她的泪珠，终于她哭出声来，靠近我，让我拥抱她发抖的身体。

她说："我冷。"

我不说话，将她抱紧。

她说："要我。"

我的手臂松开了，我听到女孩说："我十七岁，没有姐姐那样好的身体，却有童贞。"

她脱去衣服在我身边躺下，她瘦长纤细，几乎没有乳房，皮肤像脸一样细腻，她捡起我的手，将充满汗水的手掌放在她胸前，使我能感觉到她短促的心跳。她的呼吸，像花一样绽开，我的手在她的骨骼上移动，她眼睛睁开着，我掌心的汗越来越多，弄湿了她的皮肤。

"我不能这样。"

我离开凉席走到窗前。初秋，风从远处的树间吹过，跌落在墙下，月亮悬挂在枝头，云遮住了它，使它半明半暗。女孩的声音传过来："你接受姐姐，却拒绝我，因为我是一个男孩一样的女孩。"

我走回床边，女孩倔犟的眼神变得悲伤，她细长的手臂从双腿间离开，手指上沾着鲜红的血迹，她说："我想给你，你不接受,一切也同样完成了。"

此举令我目瞪口呆。

13

孟阁冰回来了,和乐一鸣一起来我这边,他脸色蜡黄,袖上套着黑纱。我问:"奶奶去世了?"他摇头苦笑:"是父亲。"

"怎么会这样?"我说。

"看病路上,马惊了,将他翻下来,拖了足有三里远,死了。"孟阁冰垂下眼帘。

他父亲是草原上的医生,年轻时是本城一家医学院的高才生,毕业后返回新疆行医。死时才五十九岁。

"马是怎么惊的?"我问。

"被土匪的枪惊的,腿上还中了弹,"孟阁冰说,"那马今年才四岁,要换成一匹成年马,或许就能逃过一劫了。"

"这次回来怎么打算?"我问。

"准备读博士生,另外去一鸣的杂志社帮忙看点文字稿。"孟阁冰说。

"这样我们几个又能在一起了。"我说。

"童北有消息么?"孟阁冰问。

"没有,也许他拍戏很忙吧。"我说。

乐一鸣把最新一期《南方人间》递给我,封面是齐戈的肖像，内页还附有简短的人物介绍。乐一鸣说："这下齐了，四报一刊，五张照片都刊用了。"

我在写字桌的抽屉内取出一只纸袋，其中已有早先出版的四份报纸，我把《南方人间》也塞入，听见乐一鸣说："齐戈去了一个多月了，快回来了吧。"

"齐戈走时没说，谁知道呢。"我说。

"她没给你写封信？"乐一鸣说。

"她或许已把我忘得干干净净了。"我自嘲道。

"你说的那个小女孩呢。"乐一鸣说。

"暑假结束回学校去了，周末才回来。"我说。

"这对姐妹有意思。"孟阆冰说。

"妹妹跟她姐姐完全不同。"我说。

"她是为舞蹈而生的。"孟阆冰说。

乐一鸣说："这个周末我们杂志社有化装舞会，你和你的小女孩一起来吧。"

14

周末，女孩来了，她换上了秋装，一条黄色的格子长裙，头发束起来，紫色的发夹仿佛蝴蝶，上楼时她从信箱取出了报纸，边走边看，一进门她对我说："吕韩，姐姐回来了。"

她把报纸给我，我看到这样一条标题新闻：著名的酥手时装表演队南方巡演载誉归来，已于今晨抵达本城。

"我要回去了。"女孩看着我。

"晚上有场化装舞会，我们早点离开，然后我送你回家。"

女孩点点头。

晚上七点，请柬要求的时间，我们出现在城市中心的"麋鹿城堡"门口，这是一家专门的化装舞厅，在本城青年中很有影响，我第一次来，女孩说她也是第一次来，看得出她很兴奋，毕竟是个孩子。

孟阁冰在入场口，他看见了我们，招呼我们，然后三人一同入场，我问："一鸣呢。"

"他很忙，今晚你要什么？"孟阁冰问。

"什么要什么？"我问。

"要什么角色，这儿什么面具都有。"孟阁冰说。

我们走进了场内，一个人工山洞，很大很深，烛光摇曳，各种角色在起舞：阿波罗、阿凡提、嫦娥、关公、埃及艳后、卓别林、孙悟空、铁臂阿童木，还有形形色色的鬼，气氛神秘离奇。

"我要一个鬼。"我说。

"我也要一个鬼，"女孩笑着说，"最好是青面獠牙的。"

孟阁冰把我们分别引入男女道具室，侍者为我换上鬼的衣服，套上鬼的头。现在，只有眼睛是真实的，我来到舞场中间，一个摇摇晃晃的女鬼邀我跳舞，我们攀谈起来，她的声音不是女孩，但我们的谈话轻快有趣，彼此交换了几个无聊的笑话，一曲终了告别。我准备去找女孩，马上又有一个女鬼缠上我，我四处张望，居然舞者中的绝大部分都成了鬼，男鬼、女鬼、丑陋的鬼、迷人的鬼。"鬼太多了，为什么都要当鬼呢？"我问舞伴，她说："人更多，可依然要做人。"我们不再说话，舞曲将尽时我说："我猜出舞厅为什么叫麋鹿了。""为什么？""那是迷路的谐音。""也许吧。"女鬼说完离开了。就这样，两个多小时过去，我没在群魔乱舞的舞厅中找到女孩。孟阆冰和乐一鸣也同样因为不能识别面目而找到。去道具室卸了面具，把道具服也脱了，再回到舞场时，我看见了女孩，她也除去了身上的伪装，站在女道具室门前四处张望，如同一只孤立无援的仙鹤。

"走吧。"她走过来对我说。

出了舞厅，女孩闷闷不乐，我问："齐予，你怎么了？"

问了几次，她才轻声说："有个人纠缠我，说了很多莫名其妙的话。"

"谁呢？说了些什么。"我问。

"不知道，声音是陌生的，化装成阿里巴巴，他说从见到我的第一眼起就爱上了我，我无法摆脱他，你又失踪了。"女孩说。

"也许你遇上了一个爱恶作剧的人。"我说。

"可是，面具里露出的眼睛似曾相识，我也许在哪儿见过这双眼睛，可实在回忆不起来了。"女孩的眉头紧锁着。

"你说那人化装成阿里巴巴，如果想弄个水落石出，我们可以回去。"我说。

"不,已经很晚了,送我回家吧。"

15

半夜,女孩来了,推开我的房门,把肯尼·罗杰斯的音量倏地增大,躺在床上阅读的我吓了一跳。

"在读什么?"女孩问。

"杜桑的画,你怎么回来了?"我说。

"姐姐没回来。"女孩说。

她把我手中的画册抽出,随手翻动。

"齐戈没回来?她会去哪儿呢。"我问。

"不知道,你怎么看这么难看的画,这不是蒙娜丽莎么?怎么装上了胡子。"女孩说。

"杜桑想象力丰富,他作品诞生的时代很早,有些东西在今天看来哗众取宠,可他的叛逆精神值得称道。"我说。

女孩将画册还给我,脱掉长裙,飞快钻进我的毛毯,她说:"吕韩,我怕。"

"怕什么?"我问。

"面具里的眼睛。"女孩抓住我的手臂。

"阿里巴巴的眼睛?"我问。

"那双眼睛一定在什么地方见过,却实在想不起来了。"女孩说。

"那就不要去想,不早了,睡吧。"我说。

我下床关掉唱机,女孩从床上坐了起来:"差点忘了,给你看样东西。"

她的身体从毛毯里生长出来,伸手取过长裙,在口袋里摸着。

"我小时候的照片。"她说。

她手中有一张一寸小照,黑白的,已经泛黄。

我接过来看着,笑了,这是一个看不出性别的婴儿,赤身裸体。

"我的第一张照片,满月照。"女孩说。

"非常可爱。"我朝冲着我微笑的女婴眨眨眼。

"像不像我现在?"女孩问。

"不像也像,她就是你。"我说。

女孩把毛毯掀起来,她身上没有衣物,细腻的皮肤在灯光中发亮,纤长的手臂舞动起来。她说:"我现在会跳舞,她不会。我会生育,她不会,我是女人,她是一无所知的小孩,而我却由她而来。"

她的手臂做着各种优美的姿势,我脑海中出现这样一幅画面:一个裸体少女在一大堆树枝前,舞动的手臂如同树林。

"手臂上的树枝。"我心念一动。

"什么?"女孩停止了舞蹈,回头问我。

"如果我的灵感没有错,我会得到一幅好照片。"我说。

女孩钻进毛毯,问我:"你想拍什么?"

"手臂上的树枝,你愿意与我一起去捡树枝么?"

"为什么?"女孩说。

"为了即将得到的好照片。"

"那我们现在就去。"女孩说。

"这么晚,别人会把我们当作贼的。"

"有偷树枝的贼么?我要去。"女孩跳下了床,黄色的格子长裙很快回到身上。

"好吧,当一次贼。"我只好起来穿衣服。

穿行在夜晚的街道上,去护城河边的一条小路,女孩说放学回家时看见绿化工正在修理那儿的梧桐树,弄得满地都是树枝,到了那条小路,果然和女孩描述的一样,路边是一小堆一小堆的树枝,我们抬了一些抱在胸前往回走。

路上有稀疏走动的人影,彼此交错而过,没人把我们当作贼。

我和女孩往返三次。

我的工作室有了一大堆树枝。

在镜头里成为杂乱的布置。

女孩裸露的躯体在树枝堆中翩翩起舞,音乐从隔壁的房间传过来,她瘦长的手臂,小而娇嫩的乳房,倔犟的眼神,与镜头融为一体。

"太美了,这样的美,只有死亡才能抵消。"我按下了快门。

"不多拍几张?"女孩问。

"不用,杰作只需要一张,"我笑了,"它来自上帝之手,而不是工具。"

女孩笑了,"我有些冷,我要睡了。"

此刻的窗外,有了隐约的曙光,天快亮了,我和女孩相拥而眠。

朦胧的睡乡中,乐一鸣和孟阁冰在叫门,我和女孩起来,发现已是午后。下床后第一个动作是让肯尼·罗杰斯唱歌,两个好朋友进了屋。女孩找了些饼干啃着,大家在沙发边围成一个不等边的三角形,乐一鸣问我:"昨天忙着招待来客,没来得及关照你们,玩得还好?"

"很开心啊。"我说。

"你昨天装什么了?"乐一鸣说。

"鬼。"我说,"我和齐予都装了鬼,你呢。"

"我是阿里巴巴,昨天装鬼的太多了,我就来了个阿里巴巴。"乐一鸣说。

我暗自一惊,回头去看女孩,她吃着饼干,不动声色地注视着乐一鸣,表情惺忪而傲慢,看上去十分迷人。

"阁冰你呢。"我问。

"也是阿里巴巴。"

女孩的眼神移到了孟阁冰脸上,嘴里一刻不停地嚼着饼干。须臾,她想起什么似的对我说:"吕韩,我回家看看姐姐回没回来,你们聊吧。"

女孩说完，离开了房间，一记很响的摔门声。

"齐戈没有回来？"乐一鸣问。

"不知道，昨天报上说酥手时装队已回城了，晚上她没有回家。"我说。

肯尼·罗杰斯唱完了，我去换了娜娜·莫斯柯莉。

"对了，这次回新疆，诗集的事怎么样了。"我回头对孟阆冰说。

"总算定下来了，标题被换成了《爱情童话》。"诗人有点走神。

"原来的那个题目多好，《手臂上的树枝》，可惜了。"我说。

"没有办法的事情，在出版这个方面，征订数是唯一的标准。"诗人说。

"我有幅作品倒很适用这个题目。"我没有把先斩后奏的真相告诉诗人。

"那就送给你吧。"诗人说。

16

深夜，我在工作室摆弄照片。女孩来了。"姐姐没有回来。"她心事重重地说。

"可能顺路去什么地方旅游了，总要回来的。"我回头对女孩说，"来看看你的照片。"

"这么快就好了?"她说。

我把照片放大成十六吋,用白色卡片衬好,放在立架上,并已贴上标签:《手臂上的树枝》吕韩　中国

女孩在立架前站着,目光在照片上凝聚。

"真好,"她说,"真是一张好照片。"

我从背后搂住她,欣赏着自己的杰作,这是一张黑白照片,光线、层次和距离掌握了很好的分寸,但这不是主要的,最让人满意的是作品的构图。那一瞬间,女孩充满张力的手臂在镜头中停顿,纷纷扬扬的长发遮住了她的面容,女孩瘦长的躯体与地上的树枝在阴影中叠合,一双倔犟的眼睛在头发中显得孤傲而诡异。

"它不但是一张好照片,更是一幅杰作,就像你一样。"我说。

"我爱你,非常非常爱你。"女孩说。

在这个秋天的夜晚,我们拥吻在一起,美丽的吻,充满激情,我抱起女孩,为她裸身,将她放在床上,吻她。

"这儿有一块皮肤特别浅。"我发现女孩耳垂左侧有一小块白斑。

"哪儿?我看看。"女孩说。

她拿出小镜子照着,看见一分币大小的色差在皮肤上显示,她重新睡了下来。

"要我。"她说。

我进入了她的身体,她把毛毯扯过来,盖住了两个人,

我们自始至终亲吻,毛毯从我的背脊滑了下来。

我们平躺着,毛毯再次回到两个人身上,女孩好奇地问我:"你在照片上写了中国还有自己的名字,为了什么。"

"参加法国的金狮国际摄影节。"我说。

"会得奖么?"女孩问。

"会得奖,可能还会得一个比较大的奖。"我说。

"你吹牛。"女孩说。

"不吹牛,我相信它是一幅杰作。"我说。

女孩笑了:"它的确是一张好照片。"

过了一会儿她说:"我找到那双眼睛了。"

"什么眼睛?"

"阿里巴巴的眼睛,他今天来过这里。"女孩说。

"你说一鸣和阆冰?究竟是哪一个?"我问。

"我不会告诉你,都是你好朋友,说出来不好。"女孩说。

"可不说出来,必定有一个人是受冤枉的。"我说。

"那就等于两个人都冤枉,又都不冤枉,你们还是好朋友,"女孩说,"明天一早我要回学校,我要睡了。"

女孩睡着了,我一夜难眠。

17

一个星期过去。周末,女孩回到我的身边,带来了齐戈失踪的消息。

"姐姐还是没回来,我去了酥手时装队,队里说她根本就没去南方巡演。"女孩说。

"那她会去哪儿呢。"我说。

女孩摇摇头,样子非常伤心。

"不行的话,我们登寻人启事。"我说。

"会有用么?"女孩说。

"试试吧。"我说。

我给乐一鸣挂了电话,让他帮忙办这件事,乐一鸣答应了。

"没问题,保证报纸发消息。"他说,"对了,今天中午童北给我们杂志社挂过一个长途,让我代问你好。"

"《鸳鸯蝴蝶梦》拍得怎样了?这么久没音讯。"我说。

"戏刚过半,要到冬天才能完成。"电话那头说。

"寻人启事的事拜托了。"我说。

"放心吧。"乐一鸣挂上了电话。

我回头看着女孩,她注视着我,脸色苍白。"她会回来的。"我说。

女孩一声不吭,脱去长裙,钻进毛毯里,蒙住头,我听到了她的哭泣声。

"陪陪我。"她的声音草一般从毛毯里钻出来。

我脱去衣服,在女孩身边躺下,毛毯盖住两个人。女孩抱住我,她的手冰凉冰凉,抚摸着我的身体,她顺着小腹探下,握住了我的阳具。

"它要过姐姐是么?"她说,"它钻进过姐姐的身体,姐姐在哪儿呢。"

"她不会有事的。"我说。

"我不恨你和姐姐,姐姐是个美人,有一对很好看的乳房,不用说男人喜欢,我也爱把手放在上面。我和姐姐相依为命,睡在一起,把手放在她的胸前,我就睡着了。"她说。

女孩满脸是泪,趴在我身上睡着了。

18

那些天,本城的报纸陆陆续续刊登了这样一条寻人启事:

> 齐戈,女,23岁,身高173厘米,皮肤白净,本城口音,于夏天离家出走,知情者请与《南方人间》杂志社或酥手时装表演队联系。定酬。

可一直到秋天过去,仍没有关于齐戈的消息传来。

"我见不到姐姐了,"女孩哭了,"姐姐从这个世界上消失了。"

"她会回来的,她不会有事的。"我自欺欺人道。

孟阁冰来向我告别,他要回新疆去一次,母亲来电报说,祖母去世了。孟阆冰走了,不料一别竟是七年。几乎与诗人离开本城的同时,女孩也离奇地从我的生活中消失了。

女孩失踪前一个半月,已不来我这边,偶尔打电话来,说最近很忙,问忙什么,她支支吾吾,我便不再追问,后来她电话就少了。有一天深夜,我在看书,电话铃响了,我去接,对方挂了。放下,又响了起来,再听,又变成忙音。这样,至少重复了五次,才听到了有人的声音,却始终不说话,我一连串问:"你是谁?你是谁?"话筒那头有人在哭,然后电话挂了,再没响起。从那时起,我再也没有接到女孩的电话。

女孩失踪后不久,出版社陆续寄来三本挂历,一本《风景》,一本《妩媚》,还有一本自然是女孩的,却没有拟一个标题。从发行数量看,《妩媚》把另两本远远扔在后头,这是我预先想到的。

冬天降临了,齐戈风尘仆仆出现在我面前,她说:"我们又见面了。"我说:"你上哪里去了?齐予都快急疯了。"齐戈说:"我妹妹人呢?"我说:"我已很久没有见到她,亏你还记得有个妹妹。"齐戈说:"我还以为她在你这儿,既然这样,我走了。"我叫住了她,把刊有她照片的报刊给她,把那本《妩媚》也给她。

晚上我从乐一鸣电话里知道童北也回来了,我隐隐明白了其中的奥妙。

几个月后,二十集电视连续剧《鸳鸯蝴蝶梦》在本城隆重上映，童北是男主角，扮演一个清朝的坏蛋秀才，齐戈在剧中扮演一个侠女，竟是女二号的角色。

19

现在，相比七年以前，我的事业有了更大的成功，声誉超出了本城的范围，女孩失踪后的第二年春天，我的摄影作品《手臂上的树枝》在法国金狮国际摄影节上获得大奖，我专程去了巴黎。

我是这样发表自己的演说的：

"女士们、先生们，我感谢能够得到来自法兰西的这份荣誉。激动之余，我要说，在悲伤的爱情故事面前，我的作品是自私的、浅薄的。我本来可以把这份荣誉与我心爱的女孩一起分享，可是她走了，没有人知道她的下落，她就像仙鹤一样飞到我的身旁，又像仙鹤一样飞走。她是一个天生的舞者，诸位不知道她的名字，她走了，我又如何能心安理得地把奖杯高高举起。我恳求金狮奖组委会能保存这只摄影师和他的女孩的奖杯。有朝一日我心爱的女孩回来了，我们共同来接受这份荣耀。"

我走下颁奖台，场下掌声不绝，我哭了。

在巴黎仅逗留了两天，第三天便飞回了我居住的城市，在护城河边的小路上走着，想起那天晚上和女孩捡树枝的场面，我哭了。

20

孟阕冰当年的离去是不近人情的,我和乐一鸣都以为他奔丧后还会重返本城,不想一去全无音讯,半年之后才写来了一封信,随信附上了新出版的诗集《爱情童话》。他说他已留在了新疆,在一家大学任教,不准备再返回了。

乐一鸣说:"阕冰那年的走至少放弃了两个机会,第一放弃了攻读博士学位,第二放弃了可能留在《南方人间》当编辑的机会。"

而他是多么想留在我们这个大城市呀。

于是,诗人的走成了一个谜。

七年后,他带着女儿来解谜了。他到达本城的第二天,单独约了我去护城河边的那家小咖啡馆。

"吕韩,知道我当年为什么回新疆么?"

"这正是我们一直费解的事。"我说。

"为了齐予。"他说,"还记得那次化装舞会么?那天夜里,我向齐予表达了爱慕。"

"你就是那个阿里巴巴?"我问。

孟阕冰点了点头。

"齐予当时患了一种奇怪的皮肤病,脸上长出许多白斑。她是一个爱美的姑娘,她知道一个摄影师绝对不会容忍美被毁灭,她就这样离开了你,和我踏上了西去的火车。"

"她现在好么?"我的声音有些颤抖。

"生下北君后不久就死了。"

"北君是齐予的女儿?"我惊呆了。

"是你和齐予的女儿。"

"我的女儿?"

"齐予生下北君后,割开了自己的动脉,白斑半年时间内爬满了她的面孔,她死时已失去了美貌。"孟阁冰的泪水顺着脸颊滚落。

我的泪水夺眶而出。

写于1994年3月6日

爱过

1

现在,这个叫李窗的男子从建筑工地回到家,他住在新闻学院旁一幢老式公寓的四楼。这是他当大学教授的父亲留下的房子,室内很暗,这是客厅,他推开了窗,户外没有阳光同时也不阴霾,室内装了许多灯,全部打开的话,房间就成了一个万花筒,这说明灯光的颜色是不同的,什么样的颜色配什么样的心情。李窗在这方面很内行,他打开了灯,天花板泛出一个绿色的涟漪,绿色代表一派安宁,李窗现在正需要这个。

站在窗边,外面一丝风也没有,窗帘分挂窗户两侧,他把手心的汗擦在衬衣上,闭上眼睛,有了要睡觉的意思。

火车的汽笛声唤醒他的时候,他感到了凉意,他睡得并不深,确切地说,只是打了个盹儿。离此处不远,是一个火车驿站,每隔刻把钟便有一次汽笛声响起,睡得不深的话,被吵醒是家常便饭,一旦被吵醒,要再入眠,就不容易了。李窗揉揉眼睛,看看墙上的钟,四点了,他舒展舒展双臂,冷意马上被祛除了。这是夏秋交接的天气,寒气只是随风而过,不能在身上久留。果然外面起风了,窗帘飘动起来,李窗出门前穿上了夹克,没有疏忽的是,他随手关上了窗。

现在,凉爽的风在月亮大街上吹过,路上的行人渐渐多了起来。我们的男主人公很快就在某个街口消失了。

幼儿园要跨过两个街区,李窗去接女儿蕾丝。放学铃声响过,孩子们陆续走出来,被等候着的大人们领走。一个小男孩走到李窗跟前说:"叔叔,你是蕾丝的爸爸么?蕾丝下午玩跷跷板摔下来了,嘴巴出了许多血。"

李窗吃了一惊。

"蕾丝现在在哪儿?"

"她被送去治疗了,展老师送她去的。"一个中年妇女出现在李窗身旁,是幼儿园王园长,"蕾丝的事是我们工作失职,我们会负责。"

"我要见蕾丝。"李窗说。

"我送你去。"王园长说。

两人在街道中穿行,李窗一路上心事重重,他在想象蕾丝嘴巴里的血。

王园长走进一幢宅子。李窗看见这样一块木牌:孔琳医师牙科诊所。他跟了进去。

他看见了蕾丝,她正仰着头坐在医用转椅上,一位女医生在为她治疗。

陪同蕾丝来的展老师看见了李窗。她是一个漂亮的青年教师,高个子,皮肤白皙,她有点慌张地回避了李窗的目光,把头移向墙上的一幅国画。

画上描绘的是古人对弈的场面。

李窗听见蕾丝口齿不清的呼唤。

"爸爸。"女儿正回过头来，红肿的嘴唇和充满泪光的眼睛令他心痛。

包扎停当。女医生摘下了口罩："你是女孩的父亲？"

李窗点点头，站在对面的女医生有着非同寻常的美貌，这使他愣了一下。

"她已经没事了，牙根没什么损伤，不会有后遗症，但还要来换几次药。"女医生说。

蕾丝从医用转椅上爬下来，钻到父亲手臂下哭了。

李窗说："谢谢医生，我会带她来换药的，算一下今天的药费吧。"

王园长忙阻止："事情是在幼儿园出的，费用应该由我们来承担。"

展老师也附和："实在是太对不起了，都是我疏忽，费用应由我来付。"

李窗摆摆手说："是蕾丝自己调皮，你们幼儿园历来清苦，费用还是我来，不要谦让了。"

王园长与展老师脸涨得通红，李窗把钱付了。他看见展老师在一边抹起了眼泪，一下子不知怎么才好，听见王园长说："那我们先走了。"

李窗目送王园长安慰着展老师走出诊所，对女医生说："那我们也走了。"

有着非凡美貌的女医生孔琳笑了,她看着那对陌生的父女跨出了门槛,把眼光移向墙上的那幅国画。

现在,我们的男主人公重新回到了月亮大街,抱着受伤的女儿蕾丝步向家中。天不知何时飘起了毛毛细雨,李窗注意到一个奇怪的现象:雨在月亮大街被分割开来,一个普普通通的站立之地成了天气的分界线,即当你向前迈一步,雨点便落在头上,而当你向后退一步时,地上则是干的。李窗注意到这一现象已有好几次了。他思考后得出的答案是,晴雨的分界是气候自己安排的。既然天空不可能同时下雨或晴朗,那么必然就会存在这样一个天然屏风。打个比方而言,两座相邻的小镇,一座阳光明媚,一座风雨交加,那么它们之间肯定就有一片这样的屏风,而这片屏风不是镇与镇之间的地缘边界线,它由天气设置,就如同它眼下恰巧存在于月亮大街上罢了。

李窗抱着蕾丝,女儿小小的脑袋垂在他的肩头,李窗从雨中奔出来,行走在另一条无雨的月亮大街上。到家了,他放下蕾丝,打开了灯,在沙发上坐下来,蕾丝爬到他的身上,李窗搂住她,屋里是一片朦胧的绿色。一辆火车从驿站经过,传来了汽笛声。

晚饭后李窗哄蕾丝睡着了,他来到书房,研究他的设计方案,他点燃了一支烟,眼光落在图纸上,他是一名建筑师,目前设计的项目是外商投资的眼影制衣厂。工程已进入内部装修阶段，他隔几天去一次施工现场，对一些实际问题予以解答。然而眼下他的情绪却进不了图纸，他捻灭了烟，干脆离开书房，他在被什么困扰呢？他的脑海中浮现出一张女人的脸，那张脸有着异乎寻常的美丽：她摘下了口罩，这个动作就等于一朵花突然在某个瞬间绽放，在一双惊讶的眼睛中定格，储藏在李窗脑海中，挥拂不去了。李窗走到卧房里来，蕾丝已经睡着，发出均匀的呼吸声。屋里仍然是安宁的绿色，李窗听到了敲门声。

来人是幼儿园的展老师，她拎着水果来看蕾丝，李窗告诉她女儿已经睡了。为了不吵醒蕾丝，他们来到了客厅，展老师把一只纸袋交给李窗。

"蕾丝的医药费应由我来承担。"她说。

"不行，你真的不必那么客气。"

他们推让着，最后展老师说："如果你不收下这些钱，我会内疚死的。"

面对这样的话，李窗不能再坚持。他收下纸袋，搁在茶几上。

展老师叹了口气说："没想到我要走了却出了这样的事。"

李窗问："你要走？不在幼儿园干了？"

展老师点点头说："今天是我最后一天当班。"

说话间，他们走回了卧房，蕾丝醒了，坐在床上，把他们吓了一跳。

"展老师,"女孩口齿不清地说,"陪我睡一会儿好么?"

展老师看了一眼李窗,脸一下子红了。她走到床边,蕾丝爬了起来,抱住她的手说:"我不让你走。"

李窗对蕾丝说:"没有礼貌,快放开老师。"

蕾丝反而把展老师抱得更紧了。

"展老师你陪我睡一会儿好么?就像幼儿园里那样。"蕾丝恳求道。

"蕾丝。"李窗在一旁制止,他的脸也红了。

女孩不依不饶,纠缠着展老师。

"陪我睡一会儿嘛。"

"展老师,求求你了。"

尴尬万分的展老师抚摸着蕾丝的头发为自己开脱。

"蕾丝睡吧,老师累了,该回去了。"

"如果你不陪我,我再从跷跷板上摔下来。"女孩开始威胁。

可怜的展老师去看李窗,李窗满脸羞愧。她对女孩说:"时间不早了,老师真的要走了。"

蕾丝说:"我不让你走。"

"太晚了,老师要回家了。"展老师回头说。

李窗和展老师走到客厅,李窗顺手关上了卧房的门,里面传出蕾丝摔东西的巨响。

"真对不起,都是我宠坏了她。"

"小孩子都这样。"展老师一笑了之。

"离开幼儿园后干什么呢,你?"李窗问。

"当一名时装设计师。"

"那是一份很好的职业。"

"当了三年多孩子王,马上就不再是老师了。"

"一直叫你展老师,还不知道你芳名呢?"

"我叫展香。"她说着把目光投向墙上的一幅结婚照,"你太太么?她很美。"

"她不再是我太太了。"

"对不起,我不知道你离婚了。"

"其实我并没有离婚,可她不是我太太了,她死了。"

展香发现李窗脸上有一种很凝重的东西在聚集。

"我不太懂。"她觉得李窗的话不着边际。

李窗说:"那你就把它当作一个谜吧。"

"那也该有一个谜面呀?"

李窗说:"既然你好奇我就告诉你两个字,洁癖,打一次失败的婚姻。"

2

当李窗还在城建学院当讲师的时候,就认识了后来成为他太太的杜歌。那是一次六年前的邂逅,他作为影评交流小组的指导老师站在新闻学院讲台上发言,一眼就看到了坐在第三排的女大学生杜歌。

李窗的演说是从"音乐"这个话题开始的:

　　从某种意义上说,音乐称得上是电影忠诚的灵魂。在通常情形下,一部记忆中的影片与一段著名的旋律是息息相关的,我们的记忆常常在那些耳熟能详的乐曲声中苏醒,它们水乳交融,音乐在画面中流动,它并不自始至终贯穿银幕,只是在情节召唤时才犹如受阻于岩石的时断时续的山泉般涌现。电影的主题曲可能成为一个故事的概括,动人的旋律克服着人的遗忘本能,在恒河沙数的影片面前,我们或者无法用片名映照出那个已遭淡忘的故事,却能够从熟悉的旋律中获得猝不及防的灵感的恩赐,音乐扎根在内心深处供我们聆听和联想。音乐中,观众陶醉于梦境与现实中间,仿佛品尝着用幻觉酿成的昨天或今日的酒。在虚构的剧情中,音乐才是真切情愫的回声,作为影片不可分割的一部分,它既可指代甜蜜,又可指代苦难,在它如同倾诉的娓娓伴奏声中,幸福的阳光同蠹耗的闪电交错而过,给观众的视听以一致,而在久违的用旋律编织的音乐片和歌舞片中,忧伤或美好的音符更是覆盖了几乎全部的镜头,它盛开在人们的耳朵里,仿佛移动的花丛。

谁都可以发现,李窗的文字想象力并不亚于抒情诗人。大学生影迷都在认真听他发言,台下的安静程度实在是学院里不常有的景象。李窗的注意力从最后一排慢慢移上来,在第三排那个女生身上降落,他却看见了她的冷笑,他的目光逃开了,像一只迷路的蝴蝶飞到了远处的一块玻璃上,当它再飞回来时,她狡黠地朝他眨了眨眼,这使他在心跳之余,领悟到他与她之间已经筑起了一座可供沟通的桥。

发言结束后,李窗像明星一样被一拥而上的同学们围着签名,这样的待遇对李窗而言,简直是一种奢侈的迫害,他又感动又烦躁地签了不下二十个自己的大名(他在担心那座并不牢靠的桥会就此消失)。他终于从人群中摆脱出来,环顾四周,发现那个女大学生就站在不远处的一株老槐树下冲着他笑,他一下子脸红了。

她走到他跟前说:"给我也签个名吧。"

李窗看着伸来的本子说:"那都是低年级新生瞎凑热闹。"

"可是如果我想请你喝一杯咖啡,总得有表示感谢的理由吧。"

李窗笑了,在本子上签完名递给她。

"敢问芳名?"他问。

女大学生在本子上写着什么,然后撕下一张纸交给李窗:毕业班杜歌

电影广场杂志社见习记者

基希咖啡屋主持人以基希命名的咖啡屋是新闻学院学生会主办的一个面向社会的休息场所。基希是世界著名的报告文学大师,出生于奥匈帝国铁蹄下的布拉格,做了一辈子记

者,他是奥地利共产党员,作品在社会主义国家广受推崇,后来他成为"怒吼的新闻人物"的代表人物,他去过很多地方,上世纪三十年代来过中国,著有《秘密的中国》。

作为校园里的咖啡屋,"基希"给李窗的印象非常之好,首先是,它不寒酸,装潢得淳朴而优雅,与校园气氛十分合拍,其次是,它的整洁,桌面和地毯都很干净,甚至头顶上的灯光也显得一尘不染。

"我注意到你在谈论电影时不提具体的作品,像在宣读一份空洞的情书。"

"你不喜欢?"

杜歌笑了。

"不过你还是有讨人喜欢的地方。"

"愿意洗耳恭听。"

"我喜欢你说话的声音,还有你在演讲时用目光追女孩时做贼心虚的样子。"

李窗故意伸了个懒腰,他在想笑又不能笑的处境里打哈欠,让笑在放大的口中化解掉。

"你把这个咖啡屋搞得真是不错。"他开始打岔。

"这是阿姨们勤于打扫的结果。"

"这也说明你这个主持人管理有方。"

"我有洁癖。"杜歌说。

"这个毛病倒很时髦。"

"你呢?你有没有。"

"洁癖么?那倒谈不上,仅仅是比较爱干净罢了。"

"那就是洁癖的萌芽状态,等到有了适当的条件就能修成正果。"

"玄。"李窗笑了。

"对了,你平时喜欢哪些演员?"

"这方面我绝对崇洋媚外,像罗伯特·德尼罗、阿尔·帕西诺、杰克·尼科尔森,女演员有谢丽尔·拉德、碧姬·巴铎、梅丽尔·斯特里普和《蒂凡尼早餐》中的奥黛丽·赫本。"

"真是英雄所见略同,"杜歌说,"如果你有兴趣的话可以分析这些影星和他们的电影,写成稿件给《电影广场》。"

"算是约稿么?"李窗笑了。

"算是代为约稿吧。"

"我答应你抽空写一些。"

这以后,李窗为《电影广场》月刊写了如下标题的小品,共计十二篇,历时一年:

马龙·白兰度在《巴黎最后的探戈》中

罗伯特·德尼罗在《喜剧之王》中

梅丽尔·斯特里普在《走出非洲》中

理查德·伯顿在《驯悍记》中

达斯汀·霍夫曼在《毕业生》中

汉娜·舒古拉在《玛丽·布劳恩的婚姻》中

阿尔·帕西诺在《教父续集》中

碧姬·巴铎在《玛丽亚万岁》中

杰克·尼科尔森在《飞越疯人院》中

奥黛丽·赫本在《蒂凡尼早餐》中

保罗·纽曼在《骗术》中

谢丽尔·拉德在《火车》中

事实上,当李窗写到梅丽尔·斯特里普一篇时,杜歌已正式调入《电影广场》当了一名记者,李窗的文章被专门上了"银色笔记"的栏目,读者反映不错,杜歌和杂志社都希望他能把这组文章写下去,李窗却嫌查询资料比较麻烦,坚持了一年,放弃了。

李窗和杜歌的关系有了突飞猛进的发展,他们变成了一对形影难离的恋人。基希咖啡屋成了他们的栖息之地。他们相恋的绯闻像风筝一样在城建学院和新闻学院之间飘荡了两三个月,一直到杜歌离开新闻学院后才渐渐消失。李窗因为这次师生恋的缘故在城建学院的形象打了折扣,在评选副高职称时被筛选下来。这是他后来放弃教鞭,跳槽到一家建筑师事务所的原因。当然这已是他与杜歌结婚后的事了,那时蕾丝已经出世,但还不会开口说话。

3

现在,蕾丝会说话了,生就了一副伶牙俐齿。可今天去诊所的路上,她却一语不发,还在为昨晚的事生气。熟悉她脾气的李窗没去哄她,他知道,越哄只会使蕾丝越来劲,所以他也像女儿一样板着脸,一声不语地往前走,使一旁的蕾丝变得像刺猬一样可怜而无奈,不住地用仇恨的目光乜斜他,使李窗暗觉好笑。

孔琳牙科诊所到了,蕾丝不肯进去,李窗和她僵持了一会儿,看见女儿的眼泪流了下来,一边哭一边说:"我想妈妈。"

每当这个时候,李窗就输了,他蹲下来,用手去拭蕾丝的泪痕,蕾丝却把头偏开,哽噎着说:"你欺负我。"

"你不听话,"李窗说,"你看幼儿园的孩子哪一个不是乖乖的。"

"他们和我不一样,他们有爸爸妈妈,而我只有你。"蕾丝哭得很伤心。

"爸爸待你不好么。"

"你凶我,不理我。"

"那你不是也不理我。"

"你大我小。"

"只要你听话,爸爸就不凶你,还给你买新的玩具。"

"我要一只电动鸭子。"

"看完病,礼拜天爸爸一定给你买。"

"那你以后真的不凶我了?"

"嗯。"

"你亲我一下。"

李窗亲了亲女儿的脸腮,抱起她走进诊所,时下是上午八点半光景,诊所里没有病人,女医生孔琳正专心致志与一个老者弈棋,对李窗父女的走入一时未注意,直到李窗叫了声"孔医生",才抬起头来。

李窗重又看见那张美丽非凡的脸,不禁愣了一下。

"我陪女儿来换药。"

"请稍等一会儿,这盘棋就快结束了。"女医生歉意地投以一笑,又把注意力转向弈局。

李窗握着女儿的手向前走了几步,在棋盘前停了下来。

这是一个危险的残局,女医生执红,存一马一炮双士,她的对手执黑,存一车一相双卒。李窗来了兴趣。

他也曾是棋迷,还是父亲在世时,培养了他对象棋的爱好,他父亲四十岁那年成了高教局的冠军并至死保持了这一称号。李窗子承父业,从少年组、高中组,直到高校组一直所向披靡。最令他骄傲的是在大二时参加了"中日大学生中国象棋大赛",他获得了友谊金杯,这是他弈棋生涯中的一次丰碑,为此他还被推选为年度十佳大学生候选人,并且作为嘉宾与酷爱下棋的市长一决雌雄。在那次拘谨的赛事中,他以一胜二负的战绩败北。然而明眼人可以看出,他在最后一盘中故意频施错招,用合理的方式把体面和尊严留给了市长。此后不久,他正式当选十佳。

所以看到下棋,李窗有种本能的关注,特别是一个美人的棋，更使他有了好奇心。现在，两位棋手正在棋盘上厮杀。李窗干脆找来一把椅子，把蕾丝放在膝上，坐下来看棋。

几个回合看下来，李窗对两位棋手的技艺十分惊讶。老者的招式漫不经心，却透出杀机，女医生纹丝不乱，棋中暗藏乾坤，李窗的眼光慢慢从棋盘移到女医生脸上，她的侧面同样美丽，是一种平静的美，远离尘世的美。李窗的眼光再回到棋盘上。老者走了一步好棋，女医生在思索中化解了它，老者陷入了思考，李窗知道这盘棋已没有了区分输赢的意义，果然老者说：

"和了。"

女医生笑了。

"这是今年第一百六十三盘和棋。"

"有那么多么。"老者也笑了。

女医生站起来走到墙边，用擦板擦去一块小黑板上的162，然后记下新的数字：163。

"一百六十三盘和棋？"李窗觉得不可思议。

老者抬起头来："不奇怪，这是真正的棋逢对手。"

那一瞬间，李窗觉得老者有些面熟，未及细想，女医生已去水池边洗了手，招呼蕾丝道："小朋友，来。"

蕾丝坐在了医用转椅上，李窗走过去守在女儿身旁。蕾丝张开嘴巴，小脑袋仰了起来，女医生用镊子小心翼翼地掀起旧纱布，伤口露了出来，蕾丝没有叫喊，从她的表情可以看出她很疼。李窗知道女儿的倔犟又开始了，他心疼地说："医生，轻一些。"

女医生孔琳不知何时戴上了口罩，会说话的大眼睛朝李窗看了一眼，李窗在她的眼神中看到了一丝善意的讽刺。

女医生为蕾丝敷上药，换上了干净的纱布，蕾丝爬下医用转椅，钻到父亲手臂下。

女医生又走到水池边，回头对李窗说："伤口已开始收口了，过两天再来换一次药。"

李窗谢了女医生，询问药费是多少。

手上都是肥皂沫的女医生说："下次一起付吧。"

李窗想了想说："也好，谢谢你了。蕾丝，跟阿姨说再见，跟爷爷说再见。"

老者在一旁向李窗父女微笑致意，李窗觉得他的笑很奇怪。

女医生也笑了，忽然想起什么似的对李窗说："请等一下。"说着跑进隔壁的房间，马上又出来，手里握着一封信，"麻烦你帮忙投进邮箱好么？"

"没问题，顺路就有一个邮箱。"李窗接过信。

"谢谢你。"

"举手之劳，不必客气。"李窗回头看了一眼，女医生的口罩拿掉了，她的脸上露出灿烂的笑容，李窗很不熟练地笑了笑，牵着女儿的手走出了诊所。

走出去一段路，蕾丝忽然抬起头对李窗说："我一点也不喜欢她。"

"谁?"李窗问。他在看那只信封。锁厢大街香湖巷6号3楼B室阿农先生收孔琳医师牙科诊所。"那个女医生。"蕾丝说。

"为什么?"李窗把目光从信封上收回来。

女孩说:"她根本就没妈妈好看。"

李窗知道这句话真正的意思是"她虽然好看,但我不稀罕,我还是喜欢妈妈的模样"。

李窗笑了,重又举起信封看着,用讨教的口吻说:"没有人问你她好不好看呀?"

"你看她的样子那么特别,我知道你在想什么。"女孩幸灾乐祸地说。

"小孩子别瞎说。"李窗的脸一下子红了。

"你偷偷看她我瞧见了,可她并不好看,一点也不好看。"女孩一撇嘴。

"好吧,她不好看。"李窗说。

"爸爸,我下次不来换药了。"女孩说。

"好吧,不来。"

"爸爸,我要去幼儿园,今天是展老师的欢送会。"女孩说。

"你的伤口还没有好,别去了吧。"

"不,我要去。"

李窗只好送蕾丝去了幼儿园,他现在已懒得为这类小事和女儿争辩,这除去显示了他对女儿的溺爱外,也多少反映了他性格中懦弱的一面。

幼儿园里,果然在举行展老师的欢送会。蕾丝挣开李窗的手,飞奔到大草坪上去了。小朋友们围在展老师身边,和她一起唱儿歌,王园长和其他女教师也在一旁轻声伴唱。蕾丝简直像一只离群的小鸟飞了过去,边跑边喊:"展老师,展老师。"师生们都回过头来,展老师敞开怀抱接住了俯冲过来的蕾丝,小朋友也欢叫起来,欢迎她的归队。

李窗向展老师挥了挥手,她便也举起手来向他致意,她的手里有一条流苏状的丝带,在风中飘动着,如同羽毛。

王园长走过来为昨天的事故再次向李窗打招呼,李窗客套着,走过去对蕾丝说:"爸爸去工地看看,下午来接你。"

蕾丝说:"你去吧,别忘了接我。"

李窗离开幼儿园,在月亮大街招了辆计程车,司机是个中年人,他们聊了城里最近发生的几桩劫车案。司机满口牢骚,李窗附和着,一致对世风日下的现状表示失望。到了目的地下了车,出现在眼前的是竣工在即的眼影制衣厂。那辆已离开的计程车折了回来,司机探出头来,手里握着一封信:"先生,这是你的么?"

李窗被自己的健忘吓了一跳,接过信的一刹那,这封失而复得的信在他心中变得十分神秘,使他产生了一种不安的冲动,他在司机掉转车头的时候突然决定:"送我回家。"

接下来我们的男主人公做了一件极不道德的事，他在沙发上谨小慎微地把信拆开抽出了信纸，他看到这样一行字：

我们的故事由棋开始由棋结束。

信的内容令李窗感到茫然，同时涌起了一丝轻松，从文字表面来判断，绝交的意思很明显，女医生和一个叫阿农的人割袍断义了。这种诠释使李窗深感满意。他重新糊好信封，下午去接蕾丝的途中把它投进了邮箱。

4

过了两天，李窗独自一人去了一次孔琳牙科诊所。他准备好的借口是：还掉上次欠的药钱。这是一个非常正当的理由，既可让李窗获得重睹芳容的机会，又可显示他作为知识分子的信用与修养。

诊所的门却紧闭着。李窗敲门后，出来的是上次那位弈棋的老者。老者询问了李窗此行目的后，抱歉地说："孔琳昨天遇到车祸，腿骨折了，现在在海滨医院。药费的事我看就算了，也没几个钱，麻烦你白跑一趟，不好意思。"

"是这样，那我先走了，打扰你了。"

李窗怀着失落的心情回到月亮大街，他在想那老者的容貌，他肯定见过他，不过记不起来何时何处了。站在树下看着来往的车辆一掠而过。他决定去一次海滨医院。不过他希望有一份好礼物作为探访的道具。他想到了象棋，顺着月亮大街一直往西，来到著名的锁厢商业大街。走进一爿文化用品商店，在柜台内几种普通货色的象棋前他摇头离去，接着又走进一爿工艺品商店，他发现了一副蜡烛制成的象棋。蜡烛制成的象棋当然很特别（一定是圣诞用品），他满意地把它买下来，去了海滨医院，他让自己相信仅仅是为了切磋棋艺而去见那位美人的，而不是为了别的什么。

于是在一个阳光明媚的下午，李窗手握一束玫瑰，面带拘谨的微笑出现在女医生孔琳的病床前，那姿态在受伤的孔琳眼中是那么值得怀疑，以至于女医生在瞬间的惊愕后露出莞尔一笑："我知道你会来。"

这句话顿使李窗不知所措，他结结巴巴道："我是来，来还药费的。"

马上又改口说："我是来，来下棋的。"

李窗在说这些话的时候有一种非常怪诞的感受，他的声音在变轻，身体同时也在缩小。

病榻上的美人说："不，你是来道歉的。"

李窗的神情由于惊讶而警惕起来，他不明白女医生是什么意思。

"你看见我被撞倒了却扬长而去。"美人说。

"什么？"李窗大惑不解。

"前天晚上我在月亮大街上散步，一辆计程车把我撞倒了,你从另外一辆车里走下来,看了倒在血泊里的我一眼,转身重新上了车,你是去买烟的。"女医生说话的语气里蕴含着委屈。

听完此段叙述的李窗如同置身云里雾中。他看着病榻上的美人,努力回忆前天夜里回家途中的经过。他从工地离开时确实比较晚,这是因为一批从捷克进口的玻璃延误了运抵的时间,等到验收完毕离开灯火通明的工地,已是晚上九点左右。他招了辆计程车回家,司机是个年轻女子,穿着通体墨黑的裙子,一路上保持着雕塑般冰冷的神色,一直把李窗送到楼下,中间没有任何节外生枝。但是从女医生的眼神中,李窗知道她并未说谎,她看见了他,或者看到了一个酷肖他的男人,李窗不敢完全排除自己不在场,他的表情变得像梦一样惺忪。自从那次死里逃生之后,他的记忆间歇性出了一些问题,行为在某一间隙会遭到遗忘,在一本介绍罕见病例的小册子里他找到了属于自己的医用名词:白日梦游。这种病仿佛一把锁一下子锁住了人的记忆(但是没有锁住时间),使当事者变得像植物一样浑然不知,李窗想起那天回家后口袋内多出了一包未启封的雾牌香烟,那么也就是说,他的确可能在半途中下过一次计程车,匆匆跑到小店去买了烟,然后返回车上。这期间,他的白日梦游出现了,同时有一辆车把散步中的女医生撞倒,他在无知无觉中看了受害人一眼上了计程车,把亟待救援的女医生扔在了大街上。以上场面的发生对李窗来说存在着可能性,而作为向女医生解释的理由则显得荒唐。基于此，李窗放弃了辩白，以一副谵妄的表情看着病榻上的美人。

女医生却说："毕竟你还是来了。"

李窗把玫瑰递给病榻上的美人。

"我是来向你讨教棋艺的。"

"你对下棋也有兴趣么？"

"我是个棋迷。"李窗说。

"我一般不和外人下棋，"女医生请李窗坐，"不过你既然来了，下一盘吧。"

"那真是非常荣幸。"

李窗把那盒蜡烛象棋拿了出来。

女医生笑了。

"就用它下棋么？"停了停，她说，"在下棋前，我要告诉你一件事。"

李窗已经把棋纸摊开，让棋子各就各位，听到女医生所言，把头抬了起来。

"家父去世时曾有遗训，若我输棋给某位男子便要嫁给他。"女医生说。

李窗局促不安起来，他说："我是有家室的人。"

美人孔琳笑了。

"我还没有输呢。"

李窗玩弄着一颗棋子，不好意思地笑了。

"我是赢不了你的，我知道。"

"我们的故事由棋开始。"女医生突然说了这样一句话。

李窗吃了一惊,他想起了私自揭开的信,脸红了,女医生并未注意他,而是将目光投向了弈局。

"令尊大人去世么?那与你下棋的老人是谁?"李窗问。

"他是我哥哥。"

"你们的年龄如此悬殊?"

"不,他不过长我三岁。"

"怎么这么见老?"

"他是一夜间老的,他心爱的女人走了,那是一个有家室的女人,他那么爱她,一夜间变成今天的这般模样。"

"这个世界上居然还有爱得如此深的人。"李窗感叹道。

"他是爱情的受害者,他为爱付出的不仅是年轻,还有才华和理想。他是一名化学师,发明的好几项产品都获得了国际专利,可是他现在已不再去研究什么课题了。唯一有兴趣的只有下棋,其余的时间便是四处闲逛。"

"他和你一起住么?"

"不,他住在锁厢大街的一条小巷里,每天一早就来找我下棋。看到他苍老的面容,我不敢相信他曾经是那么英俊倜傥,有时候我想,他一定是用什么化学药剂把自己弄成这样的,我实在不该这么想。"

女医生叹了口气停止了讲述,她的棋风温和而傲慢,使李窗很快陷入被动的局面。十余个回合后,李窗的头上出汗了,他的棋已明显受制于对方,他陷入了思考,发现反击已不可能,迂回也显得牵强,他没料到自己一个"中日大学生中国象棋大赛"的冠军居然在一位女子面前会如此不堪一击,这样的速战速决在他的象棋生涯中是绝无仅有的,他被这盘棋的结果惊呆了。

"你输了。"女医生显得很失望,"你的棋艺缺乏境界。"

"我以后还能和你下么?"

"通常我一天只下一盘棋,如果你愿意,我可以破例。"

"可今天我只能落荒而逃了。"李窗自嘲道。

"谢谢你的玫瑰,也谢谢你来看我。"女医生微笑着向他告别。

"如果你喜欢,每天都会有一束这样的玫瑰。"李窗回头对病榻上的美人一瞥。

5

次日是星期天,李窗带女儿去锁厢大街兑现买玩具的诺言。蕾丝嘴上已除掉了纱布,可以露出生硬的笑容了。父女俩一路上开着玩笑,蕾丝的撒娇使李窗感到满足,他们在商业街上闲逛了一个下午。蕾丝得到了梦寐以求的一只电动鸭子,她高兴死了,用受伤的嘴去吻李窗的脸腮,结果像触电一样疼出了眼泪,可她依然得意地说:"我也有这只鸭子了,太好了。"

李窗知道女儿是说她班里有个小男孩有同样的电动鸭子

却不让蕾丝玩。现在女儿得到的不仅是一个玩具，还有一份虚荣心呢。

蕾丝拨弄着电动鸭子，提出要去眼影制衣厂工地看看，李窗想了想，答应了。李窗唤了辆计程车前往城市边缘的工业发展小区。李窗设计的金字塔形的建筑在一大片规范厂房中十分抢眼。李窗在距离工地较远的一块空地下了车，指着那幢正在拆除脚手架的建筑。

"那就是爸爸设计的厂房。"

"没有模型好看。"

"这是因为模型是假的。"

"假的就要比真的好看么？"

李窗很难回答女孩的反诘，他从女儿茫然的瞳仁里看出了率真与诚实。只有这种时刻，一种切实的父亲的职责才不由自主地在他心中滋长起来，他牵着女儿的手走向工地。蕾丝忽然挣开他的手，向前跑去，口中不停呼唤："展老师，展老师。"

眼影制衣厂工地有一群伫立的人，李窗看见一个女子正缓缓转回身来，她修长的身影在明媚的阳光下显示出一派飘逸，轻风正在把她的裙裾扬起，如同一种湖水晃动的景象，看见飞奔而来的蕾丝，她动人地笑了，那群人在蕾丝稚嫩的声音的感召下回过头来。这些不约而同的回眸给李窗带来的是几张相识的容貌，他首先看到了展香，然后是工程承包商仇女士和投资眼影制衣厂的几位董事。使李窗感到诧异的是展香此刻的出现，她不会是来眼影制衣厂搞时装设计吧。李窗暗自思忖着走近那群人，他的笑意精致地挂在两腮，显得随和而有气势。这样的笑容不是普通的微笑，它来源于昔日的课堂，每次上课前他总会带着这种笑容向同学们问好，以换回同学们同样的问候："老师好。"

现在，李窗的手忙碌不停地与那些伸来的手相握，作为一位建筑师，他始终受到合作者们高度的礼遇。的确，建筑师是一份很好的职业，相比作家、画家，或者医生、律师，它的艺术与实用的兼容性是显而易见的（当然，展香所从事的时装设计也有异曲同工之妙）。李窗对建筑的要求十分苛刻，他为数不多的作品都受到了各界肯定，使他迅速成为建筑设计行业的后起之秀。眼影制衣厂工程方案是通过招标形式产生的，李窗的设计以其大胆的构思从上百件方案中脱颖而出，甚至还淘汰了几家国外建筑师事务所提供的方案。此事在当时被传媒热炒了一番，李窗被公认为最有希望的年轻建筑师。这对一个三十多岁的人来说是难能可贵的。李窗以他的才华赢得了合作者的尊敬，他从那些伸来的手中看到了自己的光荣，而这份光荣在一位漂亮姑娘面前马上转化为虚荣心，他的脸因为光荣或者说虚荣心而显得神采奕奕，他握住展香的手脸也有点热了。

"见到你很高兴。"他说。

展香抚摸着蕾丝的头发，她对此时此地遇见李窗也表示出惊奇。

"这么巧见到你。"她说。

一旁有人插言:"原来你们认识。"

李窗说:"我们早就认识。"

展香把蕾丝抱起来说:"我是这个漂亮女孩的老师。"

李窗说:"我是漂亮女孩的家长。"

李窗带着颇为严肃的口吻自称家长,很具幽默的成分,大家都笑了。

寒暄之间,李窗得知这拨人是来巡视工程进度的。他们对考察的结果很满意,对李窗独具匠心的设计赞不绝口。李窗面对来势汹涌的恭维保持诺诺而退的姿势,直到离开客套话的萦绕,和展香一起踱出了人群。

"蕾丝你下来,别累着展老师。"李窗说。

蕾丝说不,并朝他做鬼脸。

展香问蕾丝:"告诉老师,伤口还疼么?"

"疼。不疼。"蕾丝用哽咽的声音喜洋洋地说。

展香笑了。李窗说:"今天你给我的印象有点不同,果然不像老师了。"

"那像什么?"展香笑着问。

"也不像时装设计师,倒是有点名模的姿态。"李窗说。

"有那么美么?还是名模。"展香的面庞瞬间染上了一层绯色。

"展老师,你真的比名模还要美。"蕾丝说着返身问李窗,"爸爸,名模是什么呀。"

李窗和展香面面相觑,笑了起来,一边笑,李窗一边说:"名模就是穿漂亮衣服的漂亮阿姨。"

蕾丝露出恍然大悟的模样:"那我说的没错,展老师就是名模。"

展香捏了一下蕾丝的鼻子,李窗说:"展老师不会是来眼影制衣厂当时装设计师吧。"

展香点点头说:"我也没想到是你设计了我们的厂房。"

蕾丝在一旁调皮地说:"大家都没有想到。"

"都没想到。"展香又去捏蕾丝的鼻子,女孩把头一偏躲开了。不知不觉中,他们离开人群已有了一段距离。蕾丝要下来,展香放开了她,女孩举着电动鸭子模拟着鸭子的步态一摇一晃地打转。

"你看她多么可爱。"展香说。

"看得出你真的喜欢孩子。"李窗说。

"孩子们也喜欢我。"

"可你还是离开了幼儿园。"

"我学时装设计有许多年了,在师专读书时就开始了。我喜欢孩子,可那毕竟成不了一份事业,事实上,我一直梦想当一名时装设计师。"

"你会成功的。"李窗说。

人群那边传来让他们过去的呼唤,于是他们往回走。

展香说:"上次你的那个谜真是无从下手。"

李窗笑了。

展香说:"不过我还是蛮想知道谜底。"

李窗用注视的眼光向展香投去一瞥,他们的视线撞在一起,展香脸上充满了迷惑和羞怯的表情。

那个工程承包商仇女士走过来对李窗说:"李先生,我们晚上有个宴会,你一起来吧。"

眼影制衣厂的董事们也一同发出了邀请:"请李先生赏光。"

展香也用眼神希望李窗去,李窗想起了晚上的弈局,彬彬有礼地谢绝了邀请,他发现展香眼中掠过一丝失望。他抱歉地笑了笑。

"以后还有机会。蕾丝,我们走吧。"

蕾丝却赖在展香身旁不愿离开。

"我要和展老师在一起。"她噘起嘴巴说。

李窗伸出手去,蕾丝抱着她的电动鸭子一下子跑远了,站在那儿用反抗的目光看他。

展香笑着说:"如果你放心的话,晚宴结束我送她回来。"

李窗说:"那怎么好意思,蕾丝很调皮的。"

展香问蕾丝:"你不会调皮的是么?"

蕾丝大声说:"不会。"

李窗想了想说:"那就劳驾你了。蕾丝,你必须要听展老师的话。"

李窗与眼影制衣厂一行人握手告别后,朝着海滨医院方向踽踽而行。

过了一会儿,李窗停在一家花铺前购下一束玫瑰,趁着天色还早去海滨医院旁的望涛饼屋喝了茶,他要了一份点心,一直吃到五点钟。这是医院探访开始的时间,他起身离开饼屋,走到海滨医院。当他推门出现在美人孔琳面前时,手持玫瑰的姿势僵硬了,病床边孔琳的哥哥——那个未老先衰的小个子正冲着他微笑,李窗马上以笑回报,但他的笑同样僵硬,像塑料一样悬在鼻翼两边,女医生这时抬起了头,李窗的出现令她赧然一笑。

"挑战者来了。"她接过玫瑰插在床头柜的花瓶里。

我们的男主人公坐了下来,解释今天不是为下棋而来,而只是为了送一束玫瑰。

"我无法赢你一盘棋,可是玫瑰却不同,你每天都能闻到它的芳香。"李窗的话有点像电影台词。

女医生的笑意突然收敛起来,用类似的语言说:"可是棋是唯一的,一座玫瑰堆成的城墙也比不了一盘棋。"

李窗脸上刚刚消失的像塑料那样的笑容又出来了。应该说,这是一个难堪的局面,那个小个子男人,李窗不知道他叫孔农,他只是觉得对方面熟,却记不起在哪儿见过他。可是不管怎么样,此时此刻他是值得李窗感激的,他为李窗解了围。

"我想看看你的棋艺,"孔农对李窗说,"我们来下一盘吧。"

对李窗来说，和孔农下棋与同孔琳下并没有什么区别。这对兄妹能一连下一百六十三盘和棋说明了彼此旗鼓相当，他没有拒绝孔农的邀请，孔琳把蜡烛象棋从床头柜里取出来，李窗和孔农开始下棋。

对弈的结果，李窗毫无悬念地输了。孔农对李窗的棋艺出乎预料，他认为李窗对棋路的理解并非孔琳说的那么浮浅，李窗的棋不是输在技巧上，而是输在气势上。棋如其人，孔农认为李窗是个懦弱的男人，懦弱是棋的天敌，李窗输在性格上，孔农惋惜地摇了摇头。

李窗站了起来，他要走了，他知道他已没有资格待在这里了，他在病榻上的美人失望的眼神中离去，他不知道在他走后，女医生孔琳点燃了那盘蜡烛制成的象棋，又从枕下取出那封曾被他开启过的信，苦笑着说："没想到这么快就结束了。"美人把信投进了火中。

李窗半个小时后回到了家，坐在沙发上等展香把蕾丝送回来。孔琳那张消失笑容的脸在他眼中晃来晃去，在绿色的光线中，李窗魂不守舍，他把灯关上，美人的眼睛一下子凶险地出现在面前，他哎呀叫了一声，又把灯打开，这次他换了雪亮的白炽灯。

很久才摆脱了那双眼睛，迷迷糊糊中，突然想起了展香，在他心目中，展香拥有的那份清纯总像是伪饰的，李窗经常由展香联想起杜歌。她们的外形确实有几分相似，神态举止更是属于同一流派，所以他很清楚蕾丝为什么会和展香这么合得来。那天展香走后，大发脾气的蕾丝一夜没理睬他，次日一早，女孩爬到父亲身上，弄醒了睡乡中的李窗，李窗睁开惺忪的眼睛问蕾丝："怎么了？"

"我恨死你了，我喜欢和展老师在一起，可你却不许。我喜欢和展老师睡在一起，她胸脯软绵绵的，像妈妈一样，舒服极了。"

蕾丝说完，开始拔李窗的胡子。

诚然，蕾丝在展老师身上找到了一种类似母爱的东西，它令蕾丝非常迷恋。李窗完全可以理解女儿的这种情愫，他不禁滋生出一些感动来，可当女儿说到展老师软绵绵的胸脯时，他的遐想便有点冒险了，他仿佛看到了展香的身体正在袒露出来。不可否认，展香很漂亮，然而李窗并没有因为她的美而产生其他想法。李窗是个讨女人喜欢的男人，同样他对漂亮女人有着本能的钟爱，应当说李窗是个一帆风顺的情人，与他有过恋情的女性虽为数不多，却都是百里挑一的美人，但他却对相貌出众的展香没有知觉，这是一次例外。

然而，李窗此刻却想起了展香，并且一旦想起就挥拂不去，他想起了第一次见到展香的情景。那是蕾丝第一天踏入幼儿园的日子，他望见一个女子亭亭玉立的侧影，不经意地投向他一瞥。她的脸竟然因为迟疑而显得羞愧，把目光逃离了。李窗明白这个举止代表了一种对异性的突如其来的好感，如果男女双方都产生这种奇妙的幻觉便是人们常说的一见钟情了。李窗很斯文地笑了,他没有因为洞察了女教师的目光而浮想联翩。这次平淡的开始决定了李窗与那位女教师长久的彬彬有礼的关系,每次见面他们只点头致意,除了问好,谁也没有开口说第一句闲话,直到蕾丝从跷跷板上摔下后才在诊所里打破了这种局面。

此刻,李窗强烈地思念起展香,急切地等待着她的到来,他想起她类似湖水晃动的裙裾,他发现自己是多么钟爱这种装束,他想象着展香光滑的躯体在手掌中滑动的景象,整个人轻盈地从沙发上升了起来。

展香把蕾丝送回来时已过了晚上十点,李窗迷迷糊糊睡着了。听到敲门声后把眼睛睁开,去开了门,形同母女的展香和蕾丝站在楼梯旁的阴影里,一脸笑容。

"显然你们玩得很开心。"李窗慵懒地说。

"特别开心。"蕾丝举着电动鸭子说。

"谢谢你展老师。"

"展香。"

"好吧,展香,进来坐一会儿吧。"

蕾丝跑进客厅,玩起了电动鸭子,李窗和展香站在一旁看着女孩和卓别林一样走路的鸭子。

"天色不早了,我该回家了。"展香说。

"我送你一段吧。"

"不用了,蕾丝困了,你哄她睡吧。"

"还是送你一段。"

"我也要去。"蕾丝把鸭子翻了个身让它不能动弹,像一只乌龟。

"爸爸马上就回来,你先睡,听话。"李窗说。

蕾丝不高兴地噘起了嘴,但她没有坚持,跑过来吻了展老师的脸颊,道别了。

李窗和展香下了楼,来到了月亮大街。李窗的冒险开始了,他在沉默的漫步中,用一个大胆的手势控制了局势,他以一种坚决而诚恳的力量握住了展香的手。他看见了展香惊愕的神情,随即她把头深深地垂了下去,把害羞埋藏在睫毛下面。在铁路边一处无人的黑暗里,李窗捧起她的脸如同捧起一泓净水,她的目光是那么清澈,他很慢很慢地贴近她的嘴唇,用手托住了她的腰肢,展香向后仰去,嘴唇微微启开,李窗的舌头触到她的舌尖,她的手勾住了他的后颈。这次长吻如同好莱坞爱情影片中的经典镜头,富有雕塑感。画面凝固有半分钟之久,直到展香轻轻把李窗推开。

"你这样做把我对你的好印象都赶走了。"她说。

"对我来说却是恰恰相反,我把对你的爱化作了现实。"李窗说。

"太突然了。"

"但愿没有出乎你的预料。"

"不,我从来没有想过。"

"可你的眼神告诉我真实的情感。"

展香无言以对,很长时间,她说:"火车来了,我们走吧。"

远处的火车随着汽笛呼啸而来,他们离开了,重新回到了月亮大街。李窗没有送展香回家,他们来到了新闻学院的基希咖啡屋,在那里,李窗解开了那个关于洁癖的谜题。

6

当然,李窗是从基希咖啡屋开始见识到杜歌的洁癖的。他认为这是一种无害的嗜好,况且他自己,也是一个喜爱整洁的男子,他对杜歌几乎苛刻的卫生要求并未产生反感,同时他发现自己对清洁也愈加注重起来,这也许就是杜歌说的修炼成正果的过程吧。他自嘲地笑了,他从一本消遣杂志中看到这样的章节:

> 洁癖其实是种城市病,不,确切地说,是一种都市病。我们很难想象穷乡僻壤的地方会存在这种现象。它只存在于经济发达、生活设施优越的地方。从人类学的角度说,它是病态的。患有此癖的人一般都伴有程度不等的心理疾病,譬如孤僻、固执,或者极端自私。它将使一个人逐渐消失情趣,并丧失掉长途旅行的能力。

对这样的描述,李窗只是一笑了之,因为它既不与自己吻合,更不适用于杜歌。杜歌天生是个活泼而善于交际的姑娘,特别对于旅行,她有着一如既往的憧憬,一有出差的机会便天南地北扬长而去。即便婚后,也未能有丝毫克制,而一旦回家,家里又是高朋满座,客人络绎不绝。李窗却是一个爱静的人,很快他便尝到了来自婚姻的苦恼,也使李窗终于体会到那段文字并非凭空杜撰。

对李窗而言,与杜歌的婚姻完全是一见钟情后的结果。自从有了第一次基希咖啡屋的约会,他与杜歌爱情的温度便与日俱增。外界的闲言碎语不但未能使他们分开,相反,他们的约会更加频繁,形影相随的身影在城建学院与新闻学院的校园里时隐时现,向周围的冷眼作着反击。后来,李窗想,一向谨小慎微的自己居然在那段日子里置自己的形象于不顾,如此招摇地以教师的身份与一位女大学生谈起了恋爱,可见确实是被爱情的热浪冲昏了头脑,故意用这种反叛来印证自己对杜歌的爱。

当然,李窗与杜歌更多还是在那幢老式公寓的四楼房间内消磨甜蜜时光。李窗的家离新闻学院不远,散步的话,顺着月亮大街往西,五分钟就到了。这无疑给这对情人创造了绝佳的恋爱环境,既可在公园般的校园内散步,在基希咖啡屋饮茶,又可在爱巢中卿卿我我。应当说,这样得天独厚的恋爱条件在日常生活中并不多见,杜歌很快从新闻学院宿舍里搬出来,住进李窗家,并且还拥有了属于自己的钥匙。

热恋美好而短暂,当一对男女从缠绵的情话中苏醒过来,紧跟而来的便是烟雾一样一点一点飘逸出来的真相。李窗发现,杜歌的朋友实在太多了。而且,李窗还意识到,杜歌正试图把家里变成第二个基希咖啡屋(不,是基希舞厅)。性格沉静的李窗显然不能适应这样的生活。为时已晚的是,杜歌这种好客的脾性是在婚后才慢慢暴露的。李窗真是哑巴吃黄连,每当客厅里高朋满座时,他唯一能够做的只有落荒而逃。他在楼下看见四楼的那扇窗摇晃着五彩的光影,知道舞会又开始了。筹备婚事时,杜歌说,室内要装上不同色调的灯光,以适应不同的季节和心情。李窗认为言之有理,所以在布置新房的时候,墙壁被凿得满目疮痍,电线蛛网般分布在房间的各个部分。一间房子安上的灯饰居然有十五六种之多,全部打开的话,不同的色调交汇成万花筒般斑斓的光影,什么样的颜色配什么样的心情。李窗打开的始终是一盏绿色的小灯,杜歌偏爱雪亮的白炽灯,在刺眼的光芒中她唱个不停,连赶写稿件时也把音乐打开,写几句唱几句。她是一个天生快乐的人,一只对社交始终热度不减的百灵。她有源源不断的陌生朋友,并且都会带来家中,在这些捉摸不定的客人中,有衣冠楚楚的绅士淑女,也有放浪不羁的艺术人士。他们的狂欢之夜就是李窗大祸临头的逃遁时分,他又伤心又痛恨地朝四楼的窗户看了一眼,明白杜歌装那么多灯的真正企图了。他走在月亮大街上,来到新闻学院,在基希咖啡屋找个座位坐下来,咖啡屋已不如杜歌在时干净了。李窗喜爱的只是此地的安静,和杜歌结婚后,安静的日子已很稀少了,即便家里没有来客,但只要杜歌在,家里的音乐总开得震耳欲聋。杜歌的杂志社平时不坐班,除了在外采访,剩下的时间杜歌就在家里听音乐,她甚至已适应了在重金属的伴奏下写文章。这对李窗来说不啻是劫难。有一次他对杜歌说:"每个人都有自己的生活方式,你把音响开得那么大,要不然就请一帮人来家里吵闹,是不是太自私了呢。"杜歌说:"你说每个人都有自己的生活方式,我的生活方式就是爱热闹,如果你剥夺我的乐趣,是不是也很自私呢。"李窗说:"你我都是爱干净的人,可干净是人收拾出来的。你把那么多人叫回来,把家里弄得乌烟瘴气,你为什么不打扫呢。"杜歌说:"你也是家庭的成员,难道就不应该把家里收拾干净么。"李窗说:"你过去在基希咖啡屋靠阿姨们打扫卫生,如今却把重任交给了我,我成了什么了。"杜歌说:"我没逼你干。"李窗说:"你明明知道我看不下去,每个人都应该为自己的行为负责,你既然热衷于聚会,为什么不自己收拾残局呢。"杜歌说:"你愿意让一个孕妇去干粗活么?"李窗说:"你怀孕了?"杜歌说:"你是一个对世事漠不关心的人,连妻子怀孕也不知道,和你生活在一起,我会不寂寞么。"李窗顿时无言以对。这次争执之后,家里很长时间不再出现客人,音乐的声音也轻了下来。杜歌开始请假在家修身养性,直到女儿蕾丝呱呱坠地。初为人父的李窗喜气洋洋,在女儿满岁的时候,主动提出庆祝一番。没想到杜歌居然在锁厢大街上的斯尧大酒店一下子订了二十桌酒席,来客绝大多数都是杜歌的朋友。李窗因此大大破费了不算,令他没有料到的是,那次酒席之后,杜歌故态复萌,重新开始了宾客盈门的生活,追悔不及的李窗面对再次混乱的客厅(杜歌不让客人进卧房),努力克制不去收拾,但最终他失败了。两天之后,对肮脏的厌恶使他不得不像基希咖啡屋的阿姨们那样拿起了扫帚,他收拾到很晚,杜歌抱着入睡的女儿从娘家回来已超过十点,刚刚忙完的他坐在沙发上仇恨地看着推门而入的妻子,而视若无睹的杜歌挂着笑意从他身边走了过去,李窗一下子跳起来,还未说话,杜歌已回过头,冷笑说:"你要把蕾丝吵醒么?你干了点家务,就计较不休,算是个男人么。"李窗说:"我实在不明白,你究竟要怎样,你不愿好好过日子的话,我们离婚吧。"杜歌说:"你既然今天要离婚,又何必当初结婚呢。"李窗说:"我看你真是有点变态,一方面那么爱干净,一方面又那么爱糟蹋。"杜歌说:"我有洁癖你一开始就知道。"李窗说:"可你时不时让一帮人把家里搞乱也是洁癖的表现么。"杜歌说:"可我也爱热闹。"李窗说:"你有如此矛盾的两种嗜好,却糟蹋了我的生活。"杜歌说:"你如此挑剔,是因为你不再爱我。"李窗说:"除了对你过于频繁的聚会无法承受,我对你什么都没有变。"杜歌说:"不,你已不再爱我,你甚至连散步也懒得再陪我了。恋爱时你不是这样的,你的狂热与幽默早已无影无踪。"李窗说:"恋爱与婚姻是不同的,况且你和那时相比,简直判若两人,如果没有当初你的清纯,难道会有今天的婚姻么。"两人唇枪舌剑的时候,蕾丝醒了,她看见面前两张因为生气而扭曲的脸,她吓哭了。杜歌边哄她边在沙发上坐下来,脸色苍白的李窗站了一会儿,愤愤地走进卫生间洗澡去了,蕾丝的哭声不断钻进他耳朵,他的泪水和自来水一起在脸上流淌,他知道他的婚姻迟早将是一个悲剧,他脑子里空荡荡的,一种非常非常难受的感觉充满了他的胸膛。

当下一次杜歌的朋友们一拥而入,把五彩的灯影摇晃起来时,李窗一声不吭地走了出去。他像一个落魄者一样走在月亮大街上,来到基希咖啡屋。此刻,顾客很少,李窗有足够的安静可以品尝。他对杜歌是那么无奈,他想到了那段消遣杂志上的文字,与杜歌是多么相像,固执而极端的自私,却一点也不孤僻,她是那么热衷于社交。同时洁癖也在变本加厉,她可以让客人们把客厅搞得面目全非,却不容许丈夫(当然也包括其他人)在卧房内逗留。同样一个家,她对客厅与卧房的要求截然不同,她其实并不懒惰,她在卧房和衣着上所耗去的精力是惊人的。她一边把衣服投入自动洗衣机,一边拿着抹布走进卧房,她擦拭着床架和台灯的灯罩(这时她是一个勤劳的家庭主妇),等忙完了卧房,她就可以收集起洗净的衣服把它们晾在衣架上。这些工作她一般都在上午干完,她首先把睡乡中的丈夫叫醒,让他睡到客厅的沙发上去,同时把摇椅中的蕾丝搬到客厅去,然后就开始干活了。收拾完后她不再允许别人睡到床上去,她对自己的劳动成果十分珍惜,她甚至不愿多开卧房的窗户(这是一个灰尘很多的城市),然而另一方面,她又极不珍视李窗的劳动,朋友们在客厅内打逗,把环境弄糟,然后作鸟兽散。

李窗从基希咖啡屋出来已是十点半,他必须要走了,咖啡屋要关门了。他来到楼下,看自家的窗子,灯还亮着,如果是摇曳的彩灯,说明聚会尚未结束,他还得在月亮大街上徜徉一阵子,如果是雪亮的白炽灯,说明客人们已走了,他便回家把客厅打扫干净,等待它再次被弄乱。这样的日子长了,再好脾气的人也会被激怒,所以有一天,越想越气的李窗用电话招来了一些昔日的好朋友,他们喝了酒,等友人走后,李窗趁着酒兴把卧房全部搞乱,把被单拉到地上,把抽屉拉开,做成了一个贼破门而入后的样子,然后他抱着蕾丝回母亲那里去了。李窗的母亲和姐姐住在文琦坊的一间老房子里,他们住在二楼,往下看是灯火灿烂的街景,这是一条美食街,李窗在阳台上抽着烟,蕾丝和奶奶姑姑在屋里玩。一个多小时后,李窗看见杜歌急匆匆地走来了,她一眼就看见了阳台上的李窗,大声说:"你还在这儿,家里被偷了知不知道。"屋内的祖孙三人都出来了,母亲问杜歌:"怎么了?"杜歌说:"家里遭窃了。"楼上的母女都很紧张,连声让李窗快去报案。李窗却悠然站起来对楼下说:"别报案了,是我搞乱的,你要怎样,看着办吧。"杜歌听了,看了李窗一会儿,掉头跑了。

从此以后,杜歌的家庭聚会戛然而止了,李窗听说她在外面搞了一个什么俱乐部,并且已有了固定的聚会场所。但那个俱乐部在何处,李窗不得而知(他也不想知道)。这样一来，安静的生活归还给了李窗，在并不很长的时间内，李窗完成了好几个项目的设计，那时他已到一家建筑师事务所当了专职设计师。由于他的作品个性鲜明，很快便受到业内的关注，声誉也一点点高涨起来。不过，事业的成功并不能弥补婚姻的失败，他和杜歌的关系正在彼此的沉默中渐渐崩溃。

自从李窗那次在卧房中进行了破坏，杜歌与他一夜间成了陌路人。李窗和杜歌的婚姻维持了三年，而最后的半年是哑巴的半年。他们完全不再说话，对迫不得已的询问或问答都用简单的手势以及"嗯啊"之类的鼻音来代替，而夫妻生活更成了天方夜谭。当然，李窗与杜歌在这方面的交流原来就不多，原因也是有些莫名其妙，杜歌怕做爱弄脏弄乱了床单和睡衣，所以他们的性生活很多是在客厅完成的。他们双双赤裸，在沙发上完成那事，把垫在膝下的一次性塑料台布卷成一团扔进垃圾桶倒掉。还有一种方法就是干脆在浴室里站着做爱，然后打开水蓬头，淋浴，擦干身子上床安寝。这种夫妻生活带有明显的任务色彩，使双方都感到兴味索然。有一次李窗对杜歌说："我们真正地做一次爱吧。"杜歌说："我们以前都是假的么。"李窗说："以前常常是你说了算，今天我说了算。"杜歌说："你想在哪里做呢。"李窗说："哪儿也不去就在床上。"杜歌说："可总要一次性台布垫一下吧。"李窗说："我不要什么一次性台布。"杜歌说："那不行。"李窗只好爬起来，去取一次性台布，把它覆在床上，他问杜歌："这下可以了吧。"杜歌朝他点点头，他就爬到她身上，玻璃一样冰凉的塑料台布在他腿间沙沙作响，他叹了口气，从杜歌身上下来，对她说："我不行。"杜歌说："不是我不愿意，是你不行，你的武功废了。"李窗说："我武功废了你很高兴么。"杜歌笑了起来，用手去摸他，果然一点武功也没有，她才收住了笑，去看丈夫的脸。李窗的眼中闪着泪光，在昏沉中忽明忽灭。

杜歌的俱乐部活动频繁，她几乎每天都是早出晚归，蕾丝没有人照顾，李窗只好把她送到母亲和姐姐那里去。那年夏天，在一场大雨中急着赶路的母亲不小心滑倒在地，死在了一辆饮料车的轮胎下。如此一来，蕾丝只能领回来了，李窗手头的设计任务很重，杜歌却没有母亲的责任心，她好像很不喜欢这个孩子，偏偏蕾丝依恋着她（哪个孩子不依恋母亲呢）。"妈妈抱。"杜歌只好把她抱起来，奇怪的是，在她怀里，蕾丝马上就睡着了，杜歌便把女儿放进摇椅里，出门走了。蕾丝醒来后不见杜歌，一个劲地哭，李窗哄她，她更是往死里哭，李窗因此吃足了苦头。

李窗一天天消瘦下去，变得像一只病鸡那么无精打采。他的生活十分乏味，再也写不出那种漂亮的影评，他已有将近两年的时间没有走进电影院了，他不再找人下棋，不再看闲书，除了必不可少的图纸设计，他的绝大部分生活被蕾丝占用了，他和蕾丝做游戏，读童话给她听，一直把她哄入睡乡，他才能长吁一口气。

他唯一保留的消闲方式是在蕾丝入睡之后，蹑手蹑脚地把门关上，去基希咖啡屋坐上一个小时，或者在新闻学院那条南北向的林荫道上散步，累了坐在石凳上，看看树梢上的月亮，看看结伴而行的情侣们，他似笑非笑地看着星光下的校园。这时候，他很平静。这一天夜里，李窗和往常一样安顿好蕾丝，来到新闻学院的林荫道上。他先在道上走了一会儿，然后在一个常坐的石凳上坐下来，在这个位置，他可以看到基希咖啡屋。如今，他不再去回忆当初认识杜歌时的情景了。他很平静地坐在石凳上，看耳鬓厮磨的情人们旁若无人地拥吻。这样的镜头以往只在西方电影中看到，眼下在身边已屡见不鲜。"这真是一个荒唐的年代。"李窗用冷笑的眼光看着那些热恋中的情人们，"这些荒唐的男女。"

一个小东西拖着黑影如同绒线球一样在他目光中滚过。在距他两步之遥的地方停了下来，李窗定神去看，他发现那是一只松鼠。它朝他看着，然后沿着林荫道一溜烟跑了，几乎是同时，李窗站起来，开始冲刺，他试图捕捉那只小玩意。他一路追赶下去，慌不择路的松鼠离开林荫道逃到操场上，朝对面的林子里跑过去。有一个间隙，李窗几乎扯住了松鼠松软的尾部，但还是被它挣脱了，松鼠终于钻进了林子，李窗追进去，灵活的松鼠一下子上了树，不见了踪影。李窗苦笑了一下："还是让它跑了。"他失望地朝树上看着，刚要离开，听见身后传来一阵响动，他回头望去，是一对卧在草地上的男女，正惊慌失措地站起来，那个女的，李窗一眼认出了,竟是杜歌。

我们的男主人公被眼前发生的这一幕惊呆了。他没有料到杜歌会这么不要脸,他相信他的脸红了。当然不是因为害羞,而是因为愤怒,他向那对衣服凌乱的男女走过去,脚下踩出一片沙沙之声,一阵风把地上的一次性台布吹向他的足踝。李窗厌恶地朝杜歌投去一瞥,杜歌冲她的情人嚷起来:"你还愣着干什么呀。"一边叫一边向李窗扑来,把猝不及防的李窗推在了树干上,她的矮个子情人也跑了过来,用力把李窗绊倒了,卡住了他的咽喉。"怎么办?"男的问。"干脆一不做二不休。"杜歌说。李窗感到自己的呼吸越来越困难,他挣扎着,手掌死命往那个男人身上推,他的力气仿佛在慢慢泄漏,卡住咽喉的那双手正在慢慢要他的命,他绝望地瞪大了眼睛,他什么也看不见,视野中飘飞的只是乱舞的金星。这时身上的男人却一下子松了劲,跳起来,说着:"我不杀人,我不杀人。"向林子外边跑去,李窗听见杜歌喊道:"阿农,你如果爱我就给我回来。"脚步声暂时停顿后又飞奔起来,杜歌追了出去:"你这个胆小鬼,你滚吧,我再也不愿见到你。"绝处逢生的李窗支撑起来,大口大口喘息着,他被今天的遭遇吓坏了,他始终不能相信发生的一切是真的。就是从那个晚上开始,他的记忆间歇性地出了一些问题,遗忘抹去了他的部分生活。在一本介绍罕见病例的小册子里他找到了这样一个医用名词:白日梦游。

后来李窗想,那只松鼠的出现实在是有点玄机,不过他只是到此为止,不再往深处想,松鼠带给他的并不单纯是杜歌的背叛,更重要的是让他体验了一次死亡。他眼冒金星的一霎,已经看到了那种生存以外的东西。他一直在回忆那究竟是一种什么样的东西。或者说,他是在寻找那种东西,但那只是一块空洞,他根本无法识破它。他想这可能就是自己病症的根源。

那个危险的夜晚之后,杜歌从李窗的生活中消失了,她甚至也从这个城市中消失了,因为李窗在电视中看到了《电影广场》为杜歌发布的寻人启事。杜歌哪里去了,李窗不知道。曾有传闻说杜歌偷渡到越南去了,有人信誓旦旦地说看见她在胡志明市里做起了小贩,对此,李窗一笑了之。他唯一无法交代的是,如何向蕾丝解释杜歌的失踪。他选择了一个字:死。而对于婚姻的名分,他认为无关紧要,他甚至连结婚照也懒得摘下来(当然他考虑到了蕾丝的因素)。他始终不能明白的是,有着那么厉害洁癖的杜歌怎么会在草地上与情人幽会。就算有了一次性台布,毕竟是脏湿的草地呀。

其实,李窗和杜歌的故事肯定不是"洁癖"两字所能包容的,但如果把李窗失败的婚姻比作一个谜,那么,有比"洁癖"更适用的谜面么。

7

李窗在基希咖啡屋讲述着自己的故事,他并没有把所有的情节都说给展香听,而是选择了一些适用的内容,尽管这样,他的述说仍然使展香露出似信非信的神情。

"我不相信,可又不能不相信。"她说。

"不是不相信,而是感到不可理喻。"李窗纠正说。

"她是那么古怪的一个女人,可在你的心目中,她曾经是那么美丽清纯,你们的婚姻是自愿的。"展香说。

"这种自愿的婚姻并不牢靠,有时它仍然是盲目的,是以不切实际的浪漫为基础的,所以在现实中常常会遭到失败。"

"可它正在变成时髦。"

"这样的时髦几乎就是公害,把失败的婚姻当作时髦是可耻的。"

"我们边走边说吧,咖啡屋要关门了。"

李窗抱歉地笑了,不知不觉,他与展香已在这儿坐了两个多小时,他站了起来,和展香一起走出了基希咖啡屋。

在林荫道上,李窗对展香说:"其实你的外貌和杜歌有几分相像呢。"

"我从那张结婚照上注意到了这一点,"展香说,"所以对你的吻我十分吃惊。"

"应该是在听了我的讲述后才感到了吃惊。"

"我希望你没有把我当作杜歌。"

"我想起了一句俄罗斯歌词,花朵与花朵之间的蜜蜂是陌生的。"

"可我并不认为你会为今天的吻负责。"

"那不是一个浪漫的吻,虽然它来源于冲动。"

"我知道蕾丝为什么那么喜欢我了,她一定是把我当成了假想中的母亲,而你很可能是女儿的使者。"

他们走出了新闻学院,回到了月亮大街上。展香的家在铁路那头的云眉大街,他们重新经过了那幢老式公寓,不自觉地去看四楼的那扇窗。"奇怪。"李窗骇然叫了起来。

那扇窗摇曳着五彩的灯光在黑夜里极为炫目,展香发现李窗的眉宇中有一把锁。

"不会是杜歌回来了吧?"她问。

李窗没有回答,而是朝那幢楼走去,身后的展香从他的背影上看到了迟疑和紧张,她脚步跟了上去。

在三楼的走廊上,李窗的脚步停滞了,他俯身捡起了一只电动鸭子,他朝楼上奔去,家门紧锁着,他打开了门,客厅内五彩的灯光开放成万花筒的形状。他叫着蕾丝,无人答应,他推开了卧房,在台灯下找到了一张字条:我带走了我的唯一。李窗一看那字迹,马上认出是杜歌的。紧随其后的展香接过字条看了一眼,不知说什么才好,她同情地看着李窗。

"应该去报案。"展香说。

李窗摇了摇头,他知道这事只能由自己来解决,他知道杜歌迟早会回来的,但他不知道杜歌会要蕾丝,因为她一直不喜欢这个孩子。

李窗说:"杜歌毕竟是蕾丝的妈妈,她不会拿她怎样,她应该会和我联系一次的,我先送你回家吧。"

"你不必送我了,可能杜歌会有电话来,我自己回家吧。"

李窗没有谦让,和展香一起走到门口,对她说:"我送你到楼下吧。"

他们往楼下走,脸上布满了愁绪,在他们要告别的时候,忽然看到一个小孩朝这里奔来,一路叫着:"爸爸,展老师,爸爸,展老师。"

居然是蕾丝的声音,他慌忙迎上去,女孩上气不接下气地哭着:"妈妈快要死了,快去救救她吧。"

他们面面相觑,变故来得那么突然,以至于他们无法理出头绪,他们只能跟着事情的发生走向事情本身。他们跟着蕾丝奔向出事地点。

他们来到了月亮大街,一直向南跑。十多分钟后,他们气喘吁吁地拐进了锁厢大街旁的一条小马路,蕾丝跑进了一座楼房,噔噔噔上了三楼,果然有一扇门大开着,他们奔了进去,看到了倒在血泊中的一个女人,她面色蜡黄,手腕被割破了,她是杜歌。

展香对李窗说:"我去拦车,你抱她下来。"

展香匆匆下楼去了,李窗把衬衫的袖子扯下来,扎住杜歌流血的伤口,他把她抱起来,跑下了楼梯,来到锁厢大街上。展香站在马路中间,已有一辆夜行的计程车被她拦下,他们上了车，司机问去什么医院时，李窗未假思索地说："海滨医院。"

当然，海滨医院并不是离此处最近的医院，却是这座城市里最好的医院，计程车风驰电掣般飞了起来。

心急火燎的李窗忽略了一点，他是在香湖巷6号3楼B室救出杜歌的。他们离开后不久，一个未老先衰的小个子男人走进了那间房间。

在去海滨医院的路上，李窗问蕾丝杜歌怎么会这样的。

蕾丝哭着说："她让我叫她妈妈，可你说妈妈已经死了。她那么瘦那么难看，怎么会是我妈妈呢。她看我不愿叫她，就哭了，拿起一把刀子就割自己的手，我看见很多很多的血流出来，就吓得跑出来叫你们。"

"现在我相信她是我妈妈了，否则她不会因为我不叫她就去死。"

女孩放声大哭。

事实上，杜歌在李窗他们赶到之前就已经死了，李窗完全没有料到，他的婚姻竟会以这种方式在法律上自动消亡。

写于1995年1月17日

恨过

因为住房的关系,大哥的婚事一再拖延,在他三十二岁生日那晚,我未来的嫂子发出了如下最后通牒:再不办婚事的话,我真的只有走了,你想让我变成老太婆才披上婚纱么?大哥送完辛紫回家后,一脸灰暗,他不能怪辛紫,他已拖累人家整整六年了,当初二十出头的漂亮姑娘已成少妇模样。二十七岁的辛紫为大哥堕过两次胎,这样痴心的女人越来越少了。大哥能不在乎她么,想想不能把心爱的女人娶回来,大哥一筹莫展。一直到半夜,他坐在木凳上抽烟,把房间熏得青烟弥漫,最后他下定决心,把烟头在鞋底捻灭,对我说:"弟弟,我有话对你说。"

作为弟弟的我当然知道大哥要说什么。但是,我不想让那句话从大哥嘴里说出来,我知道,大哥会为说这句话后悔一辈子,所以,还是让我自己来说,我自己说会让大哥的负疚少一点,只是,一旦我说出来了,就不能再在这个家里呆下去了,可是,作为一个好兄弟,我不得不说。我说:"大哥,你把嫂子娶回来吧,我能找到地方住的。"

我看见大哥眼眶红了,这是我第一次看见大哥为他的弟弟流泪。可他又何尝不是在为自己流泪呢。

在寻房启事的帮助下，我很快找到了一处栖身之地，清辉大楼地下室。清辉大楼离开我家只隔两条横行道，是我们这个街区最老的一幢高楼，虽然在如今林立的摩天大厦间，它十层的高度算不了什么，但它是1949年以前造的，这使得它在众多新潮建筑物中显得优雅而神秘。我从家里搬出来不久，大哥与辛紫在醉仙楼办了酒席，一共十六桌，大哥的婚结得不容易，办得风光一点是应该的。亲戚们都来了，还有男方女方的友人，把整个大厅都占满了。大哥的脸笑得像一朵花似的，辛紫又像当年那样漂亮了，不，比当年还要漂亮，都说女人最美就在披上婚纱的时候。看着像公主一样光彩照人的辛紫，我想肯定有人会妒嫉大哥的。我答应过为大哥做傧相，我没有兑现诺言是因为我要带一个人来结婚现场，这个人就是杭姿。此刻，在主桌的一侧，她与我比肩而坐。作为新郎的弟弟，我承担着招呼客人的责任，我向大家介绍着来宾，也把杭姿介绍给大家，杭姿浅浅地朝来客们报以微笑。看着她的花容月貌，我想，一定也有人在妒嫉我。

婚礼按照传统的形式进行着，新郎新娘向亲友们敬酒点烟，已经有人在商量闹洞房的节目了，我私下问杭姿："我们去不去呢？"杭姿说："你是弟弟嘛，当然应该去的。"我说："我大哥的新房那么小，又有那么多人要去，我看就算了吧。"杭姿没再说什么。酒席结束前，我向大哥和嫂子说了我的意思，征得他们同意，我们就和其他客人一起告辞出来。杭姿在路上对我说："大哥和嫂子是我看到过的最般配的夫妻，大哥那么英俊，嫂子那么漂亮，真是天生一对。"

说这些话时的杭姿，把头靠在我的肩上。我看不见她的表情，可以听见她语气中有一丝淡淡的幽怨。她常常是用这种声调说话的，她离我这么近，又是那么远，她身上病态的情绪让我着迷，像一股略带霉味的香气将我麻痹。

我搂着她纤细的腰肢，对她说："其实我们也是天生一对。"

杭姿没有说话，我能感觉到她正露出笑容，她特有的苦涩微笑，于是我把她搂得更紧一些。

我们在路上缓缓而行，用了多出一倍的时间才回到清辉大楼，杭姿的白猫很远就来迎接它的主人，看着我们走近，白猫转身开始为我们引路，杭姿苦涩的微笑再次显露，轻声说："你看它，多么黏人。"

"那是因为你待它好。"我说。

白猫跳上了台阶，回头看我们。它原来是一只黄猫，杭姿用颜料把它伪装成现在的样子，对杭姿的这个举动，我无法解释，也许只是打发无聊吧。

我们走进大楼，白猫跟在我们身后，看见主人没有上电梯，而是跟着我走下地下室，白猫一下子跑到我们前面去了，在黑暗的尽头，黄绿色的瞳仁射出光芒，像两颗宝石镶嵌在虚空里。

杭姿意识到了什么，她说："太晚了，我不该到这儿来。"我一下子把她搂在了胸前，她仿佛一团雾一样将我包围，我那么贴近地嗅到她的发香，那么用力地将她束紧。以至于她的喘息开始艰难，大口大口把呼吸吐到我的头颈里。

"你让我透不过气了。"她说。

"我们都会透不过气来。"我说。

我放松了她，在她仰起头的同时，嘴唇封住了她的嘴唇，我听到了白猫的叫声。

她的身体在我的掌中变得柔软无比，使我托不住她下沉的姿势，我把她抱了起来，她的手臂勾住了我的脖子。

"我爱你。"我说。

她的两腮依然挂着苦涩的微笑。

我把门打开，没有开灯，我闭上眼睛，熟门熟路的我可以避开房间里的椅子和其他障碍物。我走到床边，把杭姿放在上面。睁开眼睛，看见昏暗中的杭姿泪流满面。

我拧亮了床头的灯，我证实确实是哭泣中的杭姿，她无声地流着泪，泪水像露珠般悬挂在她细软的发梢上。

我很吃惊，我从来没有看见她流过泪。说句实话，我从未经历过一个成熟女人的当面哭泣。我手足无措了，用有点发颤的声音问："杭姿你哭了？"

白猫不知何时蹲在了一只木凳上，妙乎妙乎地叫着。

杭姿没有说话，把衣服从身上脱下来。我用手指为她拭去泪水，我明白接下去将要发生什么了，我很紧张。

我二十四岁了，还从没与女人干过那件事，这是我紧张的原因。但我不能暴露我的畏惧，我用平静的口吻说："杭姿如果你觉得不可以,我绝不勉强你。"我一边说一边试图把她的衣服弄好。

但杭姿重又把衣襟敞开了,把衣服一件件脱下来。她的躯体在床头小灯的辉映中逐渐展现,终于她身上什么也没有了,相比着衣的她,此刻的她美得更加丰富更加单纯。她蒙眬的泪眼有点红肿,使得她愈发楚楚动人。她裸露的姿态既丰腴又纤瘦,让我变得迟钝而迷离。

"今夜你是我的新娘。"我像一只青蛙匍匐在杭姿身上。我对她说,"知道么?今天真正结婚的是我们。"

杭姿苦涩的微笑在灯光中极为细小地闪烁。

"我不是一个真正的新娘。"她说。

我明白杭姿话中的含义,我的表情没有变化,心像被什么扎了一下。我知道杭姿为什么哭了,不知出于什么心理,我居然这样安慰杭姿:"我也不是一个真正的新郎,在这一点上谁都不能对从前负责,因为谁都难以在恋爱中联想下一次恋爱。"

我最终没能骗过杭姿,她拆穿了我的把戏:"你是第一次,我知道你为什么要这样说。"

"我爱你。"我把脸埋在她的头发中间。

"我来帮你。"杭姿说。

我和我的情侣在白猫的注视中融为了一体。这是十月一日的夜晚。

在市立图书馆工作的我每天很晚才下班，特别到了暑假，馆里延长了开放时间，班时也因此顺延到了十一点钟。不过对我来说，这算不了什么，我是个夜猫子，早了也睡不着。而且自从我搬到清辉大楼地下室后，起居更不必担心影响大哥了。图书馆离我们街区很远，骑自行车需一个小时。我一路哼着流行小调，夏夜凉爽的风把我的头发吹拂，老爷车嘎吱嘎吱一路作响，有时我在扁担摊上吃碗馄饨外加一碗血汤，然后我飞身上车继续赶路。征途漫漫如同我此时的无聊，其他时候我不是一个无聊的人，我会像一个哲学家陷入沉思，我的单位有取之不竭的书籍，我又像一个备课老师那样边看书边作笔记，我已经尝试写出第一批文字学小品，这就是我当时的生活，它可以是充实的，也可以全无价值，就像虽则无聊却必须完成的一小时车程。

深夜我在这个城市的大街小巷穿梭，我的无聊由三部分组成：流行小调、打铃和冷不丁的一声怪叫。我把睡着和准备睡着的人惊起，也把角落里的猫狗惊起。我一会儿快，一会儿慢。快的时候发出缺德的长嘶，慢的时候陷入文字学的思考。真是忠奸难辨。

终于骑到清辉大楼，身上大汗淋漓。把自行车朝墙上一搭，蓄了一桶水，在楼前的花园里洗起了冷水澡，把身上的臭汗与无聊一起洗去。兴奋劲还有残存，拿出一把椅子在花园乘凉，此刻，悠然地望着月亮，听到了从天而降的隐约歌唱。

仔细聆听，一把吉他和一个女人的轻弹浅吟在高处飞翔，搬来一个星期，我都能在阒无人声的深夜听到它。我辨别着来源何处，后来断定就在清辉大楼上面，好奇心按捺不住，终于在这个月亮很好的夜晚，去探秘了。电梯把我送至最高一层，我走出电梯，清晰地听到了歌唱从更高处的楼顶飘来。从边梯走上广阔的坪台，月光笼罩下的天空，呈现出灰蓝相间的布的质地。我在坪台的边缘，看到了那个怀抱吉他的女人，她身边有一只白猫。

女人坐在椅上，我看到的是她既丰腴又纤瘦的背影。白猫一动不动，像一只瓷的装饰。我在距离女人不远的栏杆边坐下，听她的歌声和拨动的琴弦。

她唱的歌我从没有听过，大致可归入城市民谣的范畴，她的嗓音很适于唱这种慢板的调子。她在这个清凉的夏夜丝丝入扣地弹出一首首曲子，它们有一个共同的特点：凄凉。或者说，不是歌曲本身凄凉，而是女人唱得凄凉。

她的歌中充溢着难以名状的感伤，她不是为倾听者而感伤，而是要让自己感伤。

夜更深了，女人终于站了起来，那只始终静止的猫突然复活，一下子跃身而起。女人朝边梯走去，看到了我。她吃了一惊，我向她露出歉意的微笑，同时吃了一惊，这是一副何等美丽的容颜。

这样的容颜与我内心中完美的肖像如此贴近，每个人心中都有这样的一帧肖像。它是朦胧的，就像一种我们曾经熟悉的花卉，比如百合，我们看过其美丽的样子，它却永远保持一种花蕾的状态，你不知道它再次开放时的确切模样，你只有印象中的那朵百合，可一旦真实的百合出现，却能一眼认出它。

我无法掩饰我的慌张，我因为认出了我心中的百合而慌张。手提吉他的女人愣了一下，像没有我这个人似的走了过去。跟在主人后边的白猫冲我怀疑地叫了一声，女人很快在边梯的上端消失了。我听见楼梯上传来软底拖鞋无精打采的拖沓声，我跟着下楼，在十楼看见女人推开了左室的房门，白猫转过身盯住我，一边叫一边向后退到房间内，女人把门关上了。

自从这个女人出现，我变得心事重重，思念她的程度超出了文字学。我还戒掉了夜归时的无聊，骑车的速度加快了，用四十分钟骑完了一个小时的路程。我不再瞎打铃了，也不发出恐怖的尖叫了。不过我还是要哼上几段小调的，它们是刚从女人那儿学来的，而不是磁带里的流行歌曲。每天深夜我都去坪台听女人歌唱，她翻来覆去弹奏五首不知标题的歌曲，一曲终了，我为之轻轻鼓掌。我们始终没有说话，虽然我知道她不再忽视我的存在了。

女人的神色是幽怨的，如同她一如既往的琴声。她愈是苦不堪言，则愈使我感到着迷。她病态的美占据着我的目光，作为一名文字学爱好者，我却一度找不出准确形容她的词语，直到我听到她典型江南气息的名字：杭姿。才从脑海中跳出这样一个与之相配的汉字组合:优柔。

我对文字学的钟情是一种不合时宜的爱好。作为该学科的一个分支,我对姓名学历来半信半疑(它介于文字学与占卜之间),可我得承认,怀抱吉他的女人有杭姿这么贴切的名字,哪怕仅仅是一个符号的话,也的确是非常贴切的。

虽然我每天都要去坪台听女人抚琴而歌,她却没有用正眼来看我。她当然是注意到我了,但她用冷淡来暗示我,我在或不在都是无关紧要的。

终于有一天,我站在了她面前,拦住她走下边梯的必经之路,我对惊愕的她说:"哭哭哭,你真的把我这个老同学忘得一干二净么。"

她惊愕的表情凝固在我的眼睛里了。显然,她对我叫出儿时的绰号大感不解。在黑夜里,她眉宇的轮廓与童年隔江相望(如果光阴是流水的话),借着楼内反射出来的灯光,她辨认着我。但我相信,她已认不出我了。

虽然她的视线至少在我的脸上呆了半分钟之久,但记忆抛弃了她,她失败了。她有点惶恐地说:"你是谁呀?"

"再想想。"我说。

她重新打量我的脸,这次,她耗费了更长时间,她终于被记忆唤醒了,她说:"让我想想,好像你是——"

"娃娃脸。"她脱口叫出我的绰号,她笑了,"你戴了眼镜所以一点也认不出来了。"

"我们都变了,我也是刚刚肯定是你,前几天我就有点认出你了,但不是百分之百,一直到方才才敢肯定——"

她打断了我,"你是怎么认出我的?"

"应该说我是想起来了,我先想起了那时你的外号,然后才确定了是你。"

她点点头,若有所思地笑了,她不知道正是她的这种苦涩笑容勾起了我对她的回忆,使我想起了白屋小学的那个不起眼的小女孩,我们那时叫她哭哭哭。

哭哭哭是个没有反抗精神的小女孩,这样的性格注定了要被欺凌,在儿童天地也不例外。小伙伴们自动组成了一个团伙,暗中挑选了可供被捉弄的对象,哭哭哭是第一个被挑中的。

哭哭哭那时的个子非常之小,有一次我亲眼看到,在一片雨前大风中,朝白屋奔来的她被吹成了一片羽毛。她爱穿白色的裙子,看起来真像一片白色的羽毛,她在跑上石阶时跌倒了。毋宁说,她是被吹倒了。灰尘弄脏了她的白裙子,她哭了,露出灰色的四环素牙,她真是一只丑小鸭。小伙伴们纷纷涌过来,把她团团围住,用刮脸皮来羞臊她:"哭哭哭。"女孩哭得更厉害了。

后来老师来了,大伙散开了。我站在她旁边,和老师一起把她扶起来。因为这个动作,我遭到了小伙伴们的围攻,他们的首领叫大兵,是个大块头,他的威信也是建立在体型和力气上的。他推了我一下,我便倒退了五六步,他在大伙的簇拥下,神气活现地对我说:"娃娃脸,你这个叛徒。"

"我不是叛徒。"我的声音很轻。

"你不但是叛徒,还是个娘娘腔。"大兵为我定了性。

"我不是娘娘腔。"我说。

"如果你不是娘娘腔,为什么帮哭哭哭?"大兵双手叉腰说。

"她挺可怜的,你们老是欺负她。"我说。

"你是叛徒甫志高,"大兵说,"你被开除了。"

这时老师来了,大兵和他的部下们一哄而散。我哭了,我成了叛徒甫志高,还有什么比这更可耻的呢。

这样,继哭哭哭之后,我成了新的被捉弄的对象。大兵说,既然不是战友,就只能是敌人。在后来的日子里,我又被冠上走狗、土匪、地主等种种罪名,被他们批斗、打倒甚至枪毙。然而,在我饱受凌辱的时刻,哭哭哭并没有站在这一边,她好像与他们同流合污了。看着我受罪却和别的小女孩一样,躲在旁边偷笑。她苦涩的笑容那时就有了,那种笑容中有着怜悯的成分,我想她还是同情我的,但她无能为力,所以只好站在一边抱歉地看着我。可她又不能让别人看出来她的怜悯。所以只好苦笑了。这样的猜测使我原谅了她的旁观,我想我和她在心灵上是一体的。虽然她帮不了我,至少她知道,我是因为她才成为众矢之的的。她心里必定是感谢我的。

后来的有一天,我这个刚刚被镇压的国民党军官跑到白屋后面的花园生着闷气,哭哭哭来找我了。她对我说:"你为什么不反抗呢。"

我说:"大兵很凶的。"

哭哭哭失望地摇摇头,跑开了。过了一会儿,她又回到我身边,对我说:"娃娃脸,我给你讲个故事好么。"

我就和她一起在石椅上坐下来,哭哭哭说了这样一个故事,有条蛇常常被人践踏,就去向神告状,神对蛇说,如果你看见第一个践踏你的人就咬,就不会有第二个人来犯了。我问哭哭哭:"你是要我像蛇一样去咬大兵么?我不敢。"

哭哭哭说,"你真是没用,你怕他什么呢。"

我说:"我不知道怕他什么,大概是他的大块头。"

哭哭哭沉思了一下,对我说:"这里还有一个故事,你要听么。"

我点点头。

哭哭哭说:"有几个人在海边,望见一条大船,就在沙地上等它靠岸。过了一会儿,大船靠近了一些,他们才发现是条小船,不像先前想的那么大,他们再等下去,等到那只小船到了岸边,才看清不过是一捆枯树枝。"

以上两个小故事,用成人的眼光去看,并没有什么深奥,哭哭哭那时不过七八岁,可以灵活运用它们,说明她是个早慧的小姑娘,相比之下,我就有点愚钝了。

我说:"这个故事我不大明白。"

哭哭哭说:"如果你不和他较量一下,怎么知道他是大船还是枯树枝呢。"听了她的解释我才明白了故事的内涵,哭哭哭接着告诉我一个秘密:"大块头都是怕痒痒的,如果他再欺负你,你就胳肢他。"

那一刻,我开始佩服起面前这个小不丁点的女同学来了。她不但会说那种要动动脑筋的故事(上了初中后我才知道那两则故事都来自伊索寓言),还知道大兵怕被胳肢的弱点,我决定尝试一次报仇雪恨。

于是,当大兵再次来挑衅的时候,我不再畏缩了。我憋足了劲准备和他干一场,既然我已知道了他的弱点,还有什么理由退缩呢。我想我圆圆的娃娃脸一定把这种决一死战的情绪明白无误地表现了出来,这使比我高出半个脑袋的大兵不由一愣,他推了一下我的前胸,把我推倒在座位上,然后用手做成一把手枪,这次他封了我一个汉奸的称号,用枪指着我的眉心说:"娃娃脸,你这个汉奸,我代表人民宣布,将你就地正法。"

他扣动了扳机,按照平常,我应该应声倒下,在痛苦的呻吟声中死去。但这回我不干了,我跳起来,站在课椅上,像一头牛一样跃起,没有防备的大兵在躲闪的时候,被身后的课椅绊倒了。我就势骑在他身上,在小伙伴们的惊呼声中,我开始在大兵的颈内、胸前、腋下抓挠,大兵开始笑起来,身体扭动着,像一只蠕动的大虫子。很快,他变成了一只抽水机,他张大口笑个不停,好像在吃下一个又一个空气做的馒头,鼻子里发出呛水般的声音,眼睛有点突出来了,表情难以形容,后来我才明白,他的笑已接近了生理极限,但我没有意识到这点，一来没有这方面的常识，另外我似乎进入了一种亢奋状态。因为我第一次听到大兵求饶了，他哭丧着脸显得比死还难受，身体已经扭不动了，好像也笑不动了。我命令他说自己是汉奸、土匪、特务，他不假思索全部照办了。他断断续续地说："饶了我吧，我是汉——奸，我是土——匪，我是特——务，我该死，我罪该万死。"但我并没有停下手里的挠痒痒，我知道这次机会对我来说是绝无仅有的，我不能轻易放弃它，我对大兵说："你叫我爸爸我就放了你。"大兵这时已经口吐白沫了，他哀号一样地叫着："爸——爸爸。"正在这时老师冲进了教室，大声断喝："申屠黄黄，赶快住手。"直到这时，我才知道闯了大祸，从大兵身上起来，他已面色灰白，快要休克了。

因为这件事情，我被老师狠狠批评了一通，作了书面检讨。我的检讨书被贴在学校最醒目的橱窗里，我成了反面教材，也使我在小伙伴们心目中变得不可冒犯。大兵的身体很快恢复了，不可一世的模样却恢复不了了，他的地位在小伙伴中一落千丈，没人叫他大兵了，取而代之的是他普普通通的名字：张军。

张军这个名字是我能记住的白屋小学同窗中的唯一学名。其他的小伙伴，要么记住绰号要么就什么也记不住了。在白屋小学我读完了二年级，然后我便转到另一家外区小学去了。挠痒痒事件是我转学的直接原因，因为这件事老师们把我归入了坏学生的行列，我只能另择它处重新做人了，我走的那天,哭哭哭走到我身边说:"娃娃脸,都是我不好,给你出了那个主意。"我说:"怎么能怪你呢,要是我只教训他一下,没有把他挠昏过去就好了。"我们都为偏离预期的目标而感到可惜。要分别了,哭哭哭眼圈又红了。我转身离去,一晃过去了许多年,我再也没有遇见她。一直到今天,她已长成一个典型的美人出现在我面前。

我们彼此把对方认了出来,难堪的是已经遗忘了对方的名字,我们都是大人了,总不能哭哭哭娃娃脸叫个不停吧。忽然我有一种奇特的感想,我在叫出绰号的时候,那个绰号就如同一把神奇的钥匙打开了童年的门,可这把钥匙只能使用一次,当你再试图使用它时,它就会改变性质,一下子从友情的召唤转变为不伦不类的戏谑。许多个春秋过去了,我与她之间已经丧失了戏谑的基础。所以,在认出对方的最初时刻,我们双双陷入沉默,在辨认出彼此的面容后,又在想对方的名字了。

很快我们就意识到,要回忆出对方的名字完全是一种奢望。不必说光阴流逝了这些年,即便当初在白屋小学时,我们也没有很好地去互相呼唤同学的名字,每个人都有一个生动的绰号,而且,我们那时也识不了几个字,只能识出张军这样普通的名字(这估摸也是我记住它的原因之一)。相比之下,容貌哪怕变化再大,它总有一个原始的轮廓,而名字因为没有具体的参照物,可以一点痕迹也不留下来。短暂的僵持之后，我只好厚着脸皮请教女同学的芳名了。

"真是对不起，我想不起来你的名字了，我们只好重新认识一下了。"我嘴上这么说，心想这叫什么事呀。

她似乎并不在意，落落大方地说："我叫杭姿。杭州的杭，姿态的姿。"

"这样动人的名字与你真相称。"我由衷地说。

她笑了。

"没想到你也学会了恭维。"她的苦涩笑容在脸上均匀地涂过。

"我叫申屠黄黄，你也忘了吧。"

杭姿慢慢从边梯往下走，她模糊的笑容在楼内的灯光中变得清楚明晰。她说："我想起来了，你的名字是四个字的，因为这，同学们还取笑过你，但我没有料到，它是这样奇怪的一个名字。"

不知怎么，听了她的话，我的脸火辣辣地开始发烧，杭姿不无嘲讽的声调使我惭愧。的确，我的名字是很奇怪，如果说申屠这个奇姓是我无法选择的话，黄黄这个怪名也太落井下石了。

我把话题岔到了杭姿的歌声上，我说："没想到你歌唱得那么好，还弹了一手好吉他。"

"你喜欢？"她已走到了十楼的走廊上。

"喜欢。"我看见白猫跑到主人前面去了。

"真的喜欢？"她站住了。

正从边梯走下来的我用更加肯定的口吻说:"我真的很喜欢,我还学会了哼上几段呢。"

她回过头,不相信地看着我。

这架势,我知道我非要露一手不可了,我说:"把吉他借我一下。"

她把吉他递来,我刚刚拨出一串滑音,她说:"我们回到坪台上去吧。"

她把白猫抱起来,重新走上边梯,我跟着她,回到坪台上,坐在那把椅上,轻声抚琴而唱:

那个遥远的姑娘
是我梦中的仙女
我喜欢她的浅笑
她哭泣的模样也让我着迷
她愿意做我的新娘
但我更愿她成为梦中情人
这个矛盾让她难过
我的心里也同样惆怅
可我仍愿她永远神秘
我不愿把神话变成普通的生活
我喜欢她在遥远的地方
美丽的身影让我自卑
对我来说

这才是永恒浪漫的爱情

我唱完了,杭姿说:"没想到你真的把它学下来了,而且你的吉他也配得丝毫不差,快赶上专业的了。"

"我是关公面前舞大刀。"

"你从哪儿学来这一手的?"

"以前和几位朋友搞过一个乐队,很久不练,手势生疏了。"

杭姿似乎有点走神,我问她:"你一个女孩子怎么爱唱男人的情歌呢。"她才回过神来:"就是喜欢这样的调子。"

我问:"刚才那首,歌名是什么?"

她说:"永恒浪漫的爱情。"

我又问:"我记得还有其他四首歌?"

她说:"仙女和狼,局内人,絮语,白色恋歌。"

我说:"真是一些好歌名,与内容搭配得很妥帖。"

说着,我重新弹起了吉他,把那些歌一一学来,我的好记性和娴熟的吉他技巧使杭姿倍觉惊奇。她怀抱白猫,抚摸着它的脊梁,在栏杆边坐下来,等我把最后一个和弦结束,她问:"你的音乐天赋这么高,以此为生么?"

我告诉他,我在市立图书馆当资料查询员,唱歌纯属业余爱好。

她听了,惋惜地看了我一眼。我说:"其实我更喜欢听你唱歌,真是一些好歌,是你自己写的?"

她说:"不是,我学会它们费了好大劲,哪有写出它们的本事。"

我说:"这些歌好像没在市场上流传过,写出它们的人很有才华。"

她的脸阴沉下来。

"我有点累了,想休息了。"她说。

我被她突然低落的情绪弄懵了,只好跟着说:"的确很晚了,该休息了。"

她已走到边梯旁,回头对我说:"忘了问你,你是不是住在这幢楼里?"

我把吉他还给她,和她一起走下边梯:"我住地下室,你在最高,我在最低。"

她的苦涩笑容又泛在脸腮旁了,到了十楼,她推开左室的家门,白猫先钻了进去,她回头对我说:"那么再见了。"

我说:"今晚我仍会来听你唱歌的。"

她说:"那么晚上见。"说着朝我看了一眼,慢慢关上了门。

回到地下室的房间,面对着墙站了好一会儿,意外的重逢令我意乱情迷。的确,杭姿于我只是一名陌生的同学,而今的她与往昔那个爱哭的女孩有着天壤之别,仿佛童话一样,从丑小鸭化作了美丽天鹅。回忆着当年的哭哭哭,与今天的杭姿比较,一个是四环素牙的毫不起眼的小女孩,一个是充满魅力的漂亮姑娘，是同一个人，这个现实使我产生虚幻感，好像被一把锁控制住了，浑身一点儿劲也没有。我回到床上，用枕头盖住脸，整个人在往上飘，就像源源不断的烟从身体内钻出来，整个人全部变成了烟，吸附在天花板上。厚厚的隔层挡住了我上升的去路，我从床上坐起来，像一只没有翅膀的鸟在房间内打转，我从来没有这样烦恼过，想到头顶上的她，明明只隔着有限的高度，却像天空般遥不可及，心都快碎了。

我失眠了，直到凌晨才昏昏入睡，我看见我变成烟突破隔层的阻挡，飘飘而上。忽忽悠悠中，到了十楼的走廊，从左室那扇门的罅隙间钻入，经过了外室，飘进卧室。杭姿已睡着了，白猫在床角虎视眈眈地盯着我，它好像识破了我的原形，我已顾不了那么多，我恢复了人的外壳，奔到杭姿床前，吻她光滑的额角和柔软的头发。白猫叫了，我重新化作了烟，飘逝而去。

当我走出地下室，站在大楼大门旁朝外张望时，户外已成泽国，台风挟带着雷雨光临本城了。关于这次台风的性质，气象台已多次报道，称这次为十四号的台风将是今年夏天最具灾害性的一次。看来，气象学家的预测颇为准确，倾盆大雨已把天与地混淆了，我的耳中灌满了狂风的咆哮，视野的延伸被阻隔了，目力的范围局限在五米左右，一股彻骨的清凉袭来，我抱着胳膊逃回了地下室。

当我穿上衣服再度走出地下室，并没有冒雨去图书馆，这种情况在我勤勤恳恳的工作生涯中是罕见的，我不但睡过了头，而且将错就错，干脆不去上班，让电梯把我送到十层。

左室的门漏出一条缝隙，这条缝隙使我紧张极了，我既希望它突然放大，又祈求它保持原状。我在走廊上贼一样魂不守舍，最后我鼓足了勇气，敲响了门。

"谁？"说话的正是杭姿。

"申屠黄黄。"我的发音控制得非常平静。

"进来吧，门没拴。"她说。

她坐在一只圆形矮凳上，在为猫梳妆打扮，猫松软地躺在一只藤编的长箩里，它真正的颜色是黄不溜丢的。杭姿用软笔细心地为它描上白色，已经涂完身体的绝大部分，只剩下四条腿和一条尾巴。杭姿专心地干着这件事，对惊讶的我说："刚为它洗了把澡，现在为它穿上白色的衣裳。"

"怪不得它那么漂亮，原来有你这么好的化妆师。"

她笑了，依然苦涩的微笑："你坐呀。"

我在一只老沙发上坐下来，看看窗外，"台风来了，雨太大了。"

"外面雨再大，屋里还是安宁的。"她好像在对猫说。

"你一个人住？"我问。

"不，我和安吉拉一起住。"她说。

"谁？"我问。

"它。"她指了指已经通体变白的猫。

"它是天使?"我笑了。

"它那么白,像天使一样纯洁。"她说。

"可这不是它天然的毛色呀。"我说。

"这有什么关系,"她说,"只要对我忠诚,就是我的天使。"

"你不和你父母一起住?"我问。

"他们在郊区的军事学校当教官,我就一个人住在这里,你呢?怎么会住在大楼地下室。"

我对她说自己比较爱自由,没有提及从家里搬出来的真实原因,毕竟这不是什么光彩的事,我小小的虚荣心在作怪,省略了哥哥历经磨难的恋爱故事,把话题转移了。

我说:"天现在是一年比一年热,台风倒成了摆脱酷热的恩惠。"

她说:"心静自然凉,最好的避暑胜地是心境。"

"还有你的歌,"我说,"听你的歌,有一种轻风拂面的感觉。"

"阴风拂面吧?"她放开猫,用面纸擦拭手上的颜料。不像是开玩笑的口气,脸上的表情让人难以琢磨。

"怎么这么说。"我问。

"他们都这么说的。"她的眼神在游移。

"他们是谁?"我问。

"很快你就会知道的。对了,平常你都干些什么?"

"我是一名文字学爱好者,业余时间大部分都泡在上面了。"我说。

"文字学?"她显出一丝好奇。

"一种专门研究文字的学问,外人看来枯燥而乏味。"我说。

"你能说给我听听么?"她说。

"文字学是个很大的范畴,既包括我们熟悉的同义字反义字之类,也包括一些陌生的领域,而我感兴趣的是对字本身的解剖。我正在写一本小册子,专门对字的雅俗贵贱进行归类。"我说。

"字的雅俗贵贱?"

"不错,字就像人一样,也有雅俗贵贱之分。像臭就是个俗字,香就是个雅字,皇是个贵字,贼就是贱字。"

"如果把我的名字拆开说呢。"她问。

"杭姿?杭可以指杭州,杭州是世人公认的名城,又做过首都,沾有帝王之气,可称贵字。姿一般是指女性美好的仪态,可称雅字。"

"你真会客套人,再说说你的。"她说。

"我的名字吗?申是说话的意思,而且是喋喋不休地说,三令五申地说,有点像碎嘴老太太,可称一个俗字。屠是宰杀的意思,与它组成的词大都与死有关,屠夫屠刀屠戮屠宰,刀光血影,当然是个贱字。黄本来是一种颜色,没有贬义,但黄色现在却用来指代淫秽,只能算作贱字了。所以我的名字一无是处。"

我用开玩笑的口气把自己的名字数落一番,把杭姿逗乐了。

"你这家伙,还真能瞎说。"她的笑容中出现了明快的色调。

我在杭姿那儿呆了一个多小时,转眼到了吃午饭的时候,我起身告辞了,杭姿抱着白猫,举起它的一条前腿,摇了两下,白猫叫了一声,对它而言,大概就算说了声再见吧,我退了出来。

在电梯里,身材肥胖的女电梯员疑惑地打量我,又扁又红的眼睛像刷子一样使我浑身不自在,终于她开口说话了。

"你好像是从十楼左室出来的?"她的嗓音恍若一把坏了的口琴。

"怎么了?"我问。

"你是她的什么人?"

"她是谁?"我明知故问。

"那个脑子有毛病的女人。"她压低了声音说。

电梯在降落,我的心猛地一沉,努力使脸上的表情深藏不露,女电梯员继续说:"你不会是她的男朋友吧。"

我看着她诡秘的脸,胖得像浮肿,仿佛一朵大蘑菇种在同样粗壮的树桩状的脖子上。对这样的饶舌妇,我一向深恶痛绝,她油腻的声音从笨拙的身体里钻出来,成为纷纷扬扬的细菌。电梯转眼到了底楼,速度之快使我觉得是女电梯员的体重在起作用,她露出一口洁白整齐的牙齿(这么好的牙齿真不该长在她嘴巴里),既暧昧又严肃地说:"你一定是被她的漂亮吸引住了,你如果不离开她,肯定会倒霉的。"

电梯门自动开了,我没有立刻离开,我说:"你这个人怎么背后诋毁人家,她招惹你了么?"

"你怎么急了,肯定是喜欢上她了。"女电梯员笑了,眼睛成了一条缝。

"你说她脑子不正常,有什么根据。"我说。

"她深更半夜在楼顶上唱歌,阴阳怪气的,没病才怪。"她说。

"就这个?这碍你什么事了。"我走出电梯,我知道杭姿说的他们是谁了。

女电梯员跑到我跟前说:"还有,她有只猫你知道么?"

"猫又怎么了?"我问。

"那只猫的白色是画上去的,根本不是什么名贵的波斯猫,是一只黄不溜丢的野猫。"

"这是人家喜欢,你说的这些我都知道。"

"你不觉得她脑子有病?"她看着我,像在看一个问号。

"我倒觉得你脑子有病,开你的电梯吧。"我走进了地下室,听到背后说:"碰到鬼了。"

话归这么说,我回到房间后,脑子里怎么也赶不跑女电梯员说的话。平心而论,杭姿的举止是有点反常,并不是因为有怪异的行为就说她脑子有病,谁没有奇怪的习惯呢。像女电梯员这种喜欢说东道西的嗜好对我来说也是荒谬的,她凭什么要去搬弄一些与自己不相干的是非呢。她就没有意识到自己的脑子出了问题么？我哑然失笑了。

午饭我平时都在单位吃，地下室什么都好，就是没有煤气。有个煤油灶，是用来煮水的。房间里一点吃的也没有，要填饱肚皮，我必须出去一次，外面风雨依旧，我撑着伞，蹚水而行，出去买了快餐面、熟食和一瓶啤酒。顺便在电话间向单位请了个假，我扯了个谎，说自己不注意着凉了。接电话的正是科长，他安慰我说，反正这么大的雨也没人上图书馆，你好好休息。我要挂的时候，他又补充了一句："申屠，别忘了喝点姜汤。"我用伪装虚弱的声音答应了。

整个下午在自酌自饮中度过，到了将近傍晚，倒在床上小躺了一会儿，是真正的一会儿，这个短暂的打盹纯粹是百无聊赖后的结果，我很快醒转了，洗了把脸使自己清醒，然后走到一楼看雨下得怎么样了。

到底，雨是小了，但仍顽强地下着。我在大楼门上站了片刻，心里有一股无名火，把手插在裤袋里，头仰起来骂了一句："该死的天。"

"是该死。"我的话音刚落，身后有人接了这么一句。我慌忙回头去望（其实不回头也已听出是谁），杭姿正走出电梯。

她变换了衣着的风格，她原来穿一些白色或接近白色的衣裙，脸上只有看不出来的浅妆（也可能没化妆）。此刻却成了珠光宝气的俏丽女郎，怀抱白猫（如果不是眼睛露出破绽,还真像是一只名贵的波斯猫呢)走来了。

"杭姿你好,"我打招呼的样子有点慌张,"打扮得这么漂亮,要出门?"

"对,出门。"她抚摸着白猫的脊梁。

"下这么大的雨,去哪儿呢?"我问。

"挣钱养活自己。"她不无自嘲地说。

"我能去看你怎样挣钱么?"我说。

"好呀,"她说,"你去换鞋吧。"

这一来,我反倒局促不安起来了,我没料到杭姿会把我的玩笑当真,我问:"真的让我一起去?"

"当然是真的,你快去换鞋吧。车待会儿就到了。"她说。

"那我就恭敬不如从命了。"我到地下室把拖鞋换成网球鞋,又匆匆跑出来,走到大门口时,果然有一辆白色轿车停在风雨里,杭姿已在后车座里了。

"进来吧。"她招呼着我。

我下了台阶,猫腰钻进轿车,问杭姿:"去哪儿呀?"

"一会儿你就知道了。"她说。

我侧脸去看她,浓妆艳抹把皮肤的本色掩盖了,我再一次不认识她了,我好不容易用哭哭哭的脸印证出杭姿的脸,仅仅隔了一夜,她又从一个朴素的姑娘变成了香气熏人的摩登女郎。在她身边,我不知道该怎么办好。我用正襟危坐的姿势来代替如坐针毡的内心。忽然,我的肚子一阵绞痛,背脊渗出了冷汗,坏了,我心里说。

"我们上哪儿呢?"我去看她。

"一个纸醉金迷的地方。"她说。

肚子的绞痛过去了一阵,但我得提防它再来。所以我不再言语了,把注意力集中了起来,在这之前,我说:"随便哪里,我想见识一下。"我听见杭姿轻轻笑了。

现在,耳中只有轿车的急驶声和雨点砸在车身的橡皮般的水珠声,我做出修身养性的姿势,眼睛却始终睁开着,我发现轿车驶去的方向正是通往市立图书馆的路线。这个黄昏,台风使街上车辆骤减。所以,我们乘坐的轿车可以保持一如既往的疾驶,大约过了二十分钟,车速放缓了,朝目的地一望,是本城有名的草琴宾馆。事实上,再往下徒步走十分钟的话,就可以到达我上班的市立图书馆了。

轿车驶入港湾式的过道,在草琴宾馆门前停下来,一名戴白手套的侍者过来拉开了车门,杭姿首先下了车,我听见侍者说:"波波小姐您好。"我皱了一下眉头,心想她怎么成波波小姐了。司机把轿车开过去了,驶离前对杭姿说:"待会儿见。"杭姿说:"待会儿见。"又回头对侍者说了声:"你好。"便走进了自动敞开的玻璃门,我尾随她走进去。电梯把我们送到宾馆最顶层,我问杭姿:"你在这么豪华的地方挣钱么?"

"为稻粱谋嘛。"她说。

她把我领到一个叫"细语梦回"的地方,把我交待给一名翠衣女郎，然后对我说："申屠，你先坐着，喝点饮料。"说完把我撂下，婀婀娜娜地走了出去。

翠衣小姐胸前有一张塑料卡片，职务栏写着歌厅领班字样，和我寒暄了几句，弄来一些闲食和一瓶饮料（也许是酒），然后忙别的去了。

眼下，四周人影攒动，衣冠楚楚和打扮入时的先生小姐在很淡的背景音乐中纷纷落座。我想，这就是报纸上说的夜生活了。歌厅的环境是奢华的，来客的一招一式都透出有钱人的气派。我的卑微心理渗透出来了，每天上下班，都经过草琴宾馆，但它对我而言，只是一个遥不可及的空洞，与我的生活全不相干。上班族的我从来没有在类似环境中浸泡过，所以我的不适应是不掺假的。然而，我总不能让别人看出自己是个乡下佬吧。我举起高脚杯，喝了一口，差一点把嘴巴里的怪味液体吐出来，还好我的脑袋制止了嘴巴，并且命令喉咙把那口东西咽下去，然后恳求双腮把微笑堆起来。我一副怡然自得的样子，若不是身上的衣着太过普通，几乎就能与所置身的环境一拍即合了。

在这种拘禁的放弛中，我捱过了一刻钟。这一刻钟里，肚子的绞痛没有来袭击我，我在近似于伤感的矜持中时而举起酒杯，时而剥开一颗硬壳果丢进嘴里，直到歌厅里瞬间乐声大起，一位体态修长的女歌手唱着一首不知所云的粤语歌走上台来。

一曲甫毕，台下有人开始点歌，方式是送花，一束花折合多少钞票，这是我在港式小说里看到的场景，眼下却是亲眼目睹。那位女歌手被点唱了三首歌后下场了，接着又上来几位红男绿女，他们把港台歌模仿得惟妙惟肖，学得愈像，则下面的喝彩愈多，对他们的忸怩作态，我是不喜欢的。我觉得同样是商品，港台原唱歌手比这些学舌者的表演生动得多，诚然他们也造作，但他们本身有一种殖民文化塑就的近乎纯粹的洋气。说到底，他们已经是套着中国皮的外国人了，所以对他们的表演，我一向是用甜蜜蜜的眼光来审视的。但我不能用同样的心态来接受国内歌手，他们说不来英语，甚至看不懂五线谱。从小吃咸菜萝卜干，啃个大面包也要反胃，凭什么这么奶油呢？奶油是卡卡喉咙扭扭屁股就学得来的么？一阵绞痛像拧紧的毛巾般顶住了我的肚皮。

我猜到杭姿在此将要扮演的角色了，果然我看见了她，她像一朵妖娆的花开放在台上，换上了缀满珠片的裙子，她的裙子过于合身了，把她的曲线一览无遗地展示出来，相比前面几位女歌手，她的装束显得更加不堪入目（也许是我太保守了）。她的双肩毫无遮掩，裙身短小得几乎丧失廉耻，她究竟是谁？在一片欢呼声中，我难受得快要昏厥过去，那个波波小姐把一首俗不可耐的港台歌奉献出来，她扭动臀部，接过一束束花，充满挑逗的表演简直令人作呕，我的胸膛里有一个逐渐扩张的大海，挤压着我的脑袋和肚皮，我的头昏沉沉的（回家路上才知道喝进肚里的怪味液体是一种价格昂贵的洋酒），绞痛把我的肠子都快弄断了。

我站了起来，找到一个叫洗手间的房间（其实不就是厕所么）。真是一个豪华的所在，连这种地方也有侍者守候，这个我懂（当然也是从报纸上知道的），不就是小费服务么。我走到一个抽水马桶前，没有按照常规，坐在木制垫圈上，而是双脚踩在马桶的边沿蹲了下来。这个姿势基于两种考虑，一来是嫌垫圈恶心（这是心理作用），二来想看看自己的排泄物（多么矛盾的举动）。我看到了未及消化的熟食，这也许就是引起剧烈肚痛的根源，如果事先知道它们是不洁的，我还会吞下它们么？不管怎么样，它们现在离开我了，这些脏东西永远不会与我的身体发生联系了。想到这里，我不由多看它们一眼，它们丑陋的模样真是不讨人喜欢，我又想，它们毕竟是一些脏东西，没什么可留恋的，转而又想，是不是所有的脏东西都会离开人的身体呢。我的眼光模糊起来了，我用手抹眼角，一片潮湿在我的手指上停留，我开始做起身前的最后一道程序，然后把用完的手纸丢进马桶，突然，我产生了一个灵感，我从裤袋里摸出一张百元大钞，像旗帜那样插在那堆排泄物上。然后我去洗了手，用香皂把手指洗得芬芳四溢，我走出了洗手间，对站在门口的侍者说："麻烦你把马桶抽了。"联想侍者在那张百元大钞前的反应，心里不由哈哈大笑。

在走廊上，我寻找着下楼的电梯，但没有找到，迷宫般的通道使我方位不明，我只好站定，正在这时，我听到了猫叫，安吉拉不知何时站在了我面前，看着我，转身，好像要领我去一个地方,我跟在它身后,居然走到了寻觅已久的电梯前,在那儿,站着杭姿。

她已换上了出门时的那套衣服,脸上的脂粉也擦拭一净,恢复了她平时的仪表,她对我说:"走吧。"然后把白猫抱了起来。

我和她走进电梯,彼此没有一句话。

走出草琴宾馆时,玻璃门再次自动打开,侍者说:"波波小姐,再见。"

"再见。"她说。

那辆白色轿车已等候在此,见我们出来,它从停车坪那儿开了过来,外面的雨停了,天气中有一种坚硬的气流在聚合,使人感到冷意,杭姿钻进了轿车,我站着,站了大约有半分钟,然后钻进了轿车。

司机照例把车开得飞快,好像比来时的速度还要快。车厢内全无声息,估摸离开清辉大楼还有十分钟车程的时候,杭姿打破了沉默,她对司机说:"停下。"

车停了下来,杭姿对我说:"我们走回去吧。"

杭姿让司机把车开走了,我们走在寒气弥漫的大街上,杭姿说:"你怎么不说话?"

我说:"我不知说什么好。"

杭姿说:"不喜欢我今天唱的歌?"

我说:"你说呢。"

她把白猫放了下来,有点伤心地说:"其实我不该带你到这种地方来。"

"你的反差太大了,我不知道究竟哪一个是你。"

"我懂你的意思。"她笑得很勉强。

"今天一晚可以挣很多钱吧?"我问。

"每首歌一百元,我一共唱了七首,七百元。"她说。

"差不多是我一个月的收入。"我说。

"你很失望?"她问。

"不是失望你挣的钱,而是——"我打住了。

"我很下贱是么?"她问。

我的头低了下去,她继续说:"可是要想在下贱的地方立足,你只能更为下贱。知道刚才你喝的法国葡萄酒多少钱一盎司么?我唱十首歌都不够,可你一口气喝了四盎司,你若是付不出账,在别人眼中同样也是下贱的。"

"那么难喝的东西居然这么贵?"我大吃一惊,"我真不该喝它,我一定要把钱还给你。"

"用你半年工资喝几口比药水还难喝的洋酒?"她说。

"可我还是要还你的,我不否认钱对谁都很重要,但我不会昧着良心挣钱。"我说。

"我要养活自己和安吉拉。"她说。

"可你并不是一个贪图享乐的人。"我说。

"我是的,"她说,"我为什么要活得比别人差呢。"

"因为有些人生来就是追求一种世俗以外的东西。"

"可我已经不相信有那种东西了。"她说。

"这说明你曾经相信过,而且你现在依然相信。"

"你用什么来证明这一点?"

"你在坪台上的歌唱。"

她注视着我,我从她的眼睛中看到的是一片窈然无际的空虚,我像是明白过来了,我大声说:"我知道你为什么要在半夜唱歌了。"

我盯着她的眼睛说:"你是为了洗刷在歌厅演唱时的羞耻感,你要用一种属于你的歌唱抵消那种肮脏的表演,以换回心灵的安宁。你必须这样做,否则你会辗转难眠,你尚未得到安慰的心灵会让你失眠。"

毫无疑问,这番话切中了杭姿的要害。我从她的眼睛里看到了一种被揭开面纱后的惶恐,她再也说不出一句话来,缓缓往前走,她双手护着手臂在冷意中瑟瑟发抖。我把身上的单衣脱下来,盖在她肩上,她没有拒绝,用它把自己裹紧了。终于,我们走到了清辉大楼,白猫已经在电梯里了。告别的时候,她把单衣还给我,我问:"今夜还唱歌么?"她摇摇头,她说:"我不会再唱那些歌了。"我问:"为什么?"她说:"不唱了。"我问:"你生气了?"她摇摇头,她的苦涩笑容在脸上均匀地涂过,她说:"没有。"我说:"我喜欢听你唱那些歌。"她说:"我们还是说说话吧,明天下班后你和我一起回家好么?"我说:"我坐不惯那么好的轿车。"她说:"那我坐你的自行车好了。"见我在发愣,上楼前她又加了一句:"那就说定了。"

这次以后，我真的没有再看见杭姿拿起过那把吉他。她仍然去草琴宾馆唱歌，我也像平时一样上晚班，下班后去接她，让她坐在书包架上，骑一段，走一段，再骑一段。转眼暑假过去了，图书馆恢复了常日班，杭姿也去宾馆要求换了下午场，这样，她的收入要打很大折扣。但我们可以一起回来了。总的来说，世间的恋爱程序大体是相同的，不同的则是方式。不，方式也没有什么不同，真正不同的是结局，可我们都无法预见它，它就像老虎的眼睛，等到猝然睁开，你已难以回头，所以最实用的办法是永远不要让老虎睁开眼睛，只有真正做到了这一点，才能保持爱情的完美。

我把这些论调说给杭姿听，她笑了，一边笑一边说："你把爱情当成文字学了，你以为我不懂你搞的花样么？不就是把贬义褒义的字进行分类，把简单的意思搞得貌似复杂，就算是学问了，既然字有雅俗贵贱，爱情也会有的，你能举例说明么？"

其实，我方才说的话是有由头的，我举例讲述了几个不同的爱情。其一，法国作家萨特和波伏娃终身相恋，但不为婚姻所困，保持浪漫的交往，可称雅爱情。其二，唐明皇与杨贵妃的爱情，为了江山，赐死心爱的女人，是俗爱情。其三，温莎公爵放弃皇位与一位离异二次的美国妇人结合，可称贵爱情。当要列举贱爱情时，我皱了一下眉头，我想起今天上午的事，我真是说不出口，为了证明自己的雄辩，我还是想出了一个例子：杜十娘怒沉百宝箱，负心汉李甲把貌若天仙的情人出卖了，不是爱情的卑贱版么？我说完，表情却十分迷茫，我听见杭姿的冷笑："看你急的，把虚构的人物也拿来充数。"但我没有理会她的讽刺，我已经走进上午的那个情景中了。

我从家里搬出来后，回去的次数并不多，一来因为大哥请了一个施工队装潢婚房，我的动手能力几乎等于零，既然帮不上什么忙，就要少去添乱。二来因为遇到了杭姿，回家的想法便又少了几分。

现在，简单地把我的家庭介绍一下。我的父母共有两男一女，除了大哥，我还有一个姐姐，爸爸妈妈和嫁不出去的姐姐住在市郊结合处的一间老屋里。我的姐姐是个高位瘫痪病人，自从我懂事起，我就没有看见她站起来过，她的不幸使大哥在高考志愿栏内填上了医学院，大哥后来成了医生，分配在洛文医院骨科，在那里，他邂逅了辛紫，辛紫比他小五岁，是新来皮肤科报到的年轻护士。他们是自由恋爱，爱得持久而旺盛，如果不是房子的关系，大哥至少已当成两回爸爸了（当然还须排除计划生育的因素）。照理，他们都是从医的，应该比别人更懂得如何避免这种麻烦，可他们的爱太炽烈了，所以有了理论知识也忘了用。这从另一角度看，几乎可以算作一个小奇迹，在这个世界上，能足足相恋六年而不觉厌倦的情侣毕竟是凤毛麟角，更为不易的是，他们从不争吵，也很少红脸。大哥与辛紫相恋六年，可谓马拉松式的爱情，而我听到她说的牢骚话就是大哥三十二岁生日上的那么几句，而就是这几句话，她也是以一种心平气和的声调说的，而且我可以听出来，她说话时有点心虚，说实在话我决定从家里搬出来，很大程度就是被这种令人心碎的心虚震撼了。我觉得她太可怜了，这么本分的嫂子到哪儿去找呀，说什么我也要让大哥把她娶回来。于是，我才决心搬离，住到地下室来。

于是，被我奉为恋爱楷模的大哥和辛紫，终于在经历了那么长的等待之后可以缔结良缘了。昨天，大哥给我挂了个电话，让我礼拜天（也就是今天）回家一次，看看已经装修好的婚房，吃辛紫为我们哥俩准备的下酒菜。今天一早我就满怀热情回去了，可当我走进房间，迎接我的却是一幕吵架后留下的混乱场景。

大哥坐在沙发上，失神地抽着香烟。辛紫不在，家里的布置豪华而凌乱，一目了然的是，这种凌乱不是懒惰造成的，但我无论如何没有料到这是大哥和辛紫吵架后的结果，我以为家里被贼洗劫，却又不像，因为房间的绝大部分地方是纹丝不乱的，问题在床铺及其两侧，而因为居室很小，床铺就在空间感上占了很大分量，它乱了，整个房间的环境就全乱了。

大哥看我推门进来。好像吃了一惊，他没有料到我这么早就来了，因为按照平常，礼拜天我会睡个懒觉，所以等他手忙脚乱地去收拾散落一地的扑克牌时，已经来不及了。

当大哥捡地上的扑克牌时，我理所当然地去帮忙了。可当我俯身下蹲的一刹那，却被眼中一幅幅不堪入目的画面惊呆了。这是一套裸女纵横的下流扑克，我捡起其中的一张，是一个金发女人，浑身一丝不挂，姿势挑逗之极，牌的纸张相当高级，印刷得如同照片一样清晰，更使它的色情程度增加了。这样的扑克牌出现在婚房里，谁都能猜出几分它的妙用，就像我听单位同事讲下流笑话时说，有的新娘把黄色录像带藏在嫁妆里，作为洞房之夜的教科书。不过，大哥和辛紫总不会也需要这样的教科书吧，大哥常常搂着辛紫的腰说："我们已经是老夫老妻了，你们看，呆在一起的时间长了，她都有点像我了。"能够开这种玩笑的情人，怎会要教科书呢？

可是，地上的扑克牌是实实在在的，照理，这是我不该过问的事，可如果我真的一句话也不说，也是很虚伪的，毕竟，这些牌已不是隐私，它们不合时宜地暴露在外人的眼中了（对夫妻生活而言，任何人都是外人，也包括我这个弟弟），而一旦看见，就很难视而不见。

"怎么了，这些都是从哪儿来的大哥？"我说，"辛紫呢？"

"她走了。"大哥说。

"怎么搞的，你们吵架了？"我问。

大哥默认了。

"为什么？"我叫了起来。

"别问了，是我不对。"大哥把已拾起的牌重新丢到地上，坐到沙发上去了。

"到底怎么了?"我问。

"昨天她住这儿了,"大哥说,"因为装修正式完工了,我们都很高兴,我让她别走了,就这样——"

"你们结婚证都开了三年多了,不能算犯规呀。"我说。

"当然,我说的不是这个。"

"哪个?"

"就是这些牌,被她发现了。"

"你要这些牌干什么,你都有辛紫这么漂亮的老婆了。"

接下来,有一大块时间的沉默。沉默过后,大哥说出了真相,这个真相,使大哥的爱情在我心中变得十分卑贱。说时迟,那时快,一个被我奉为楷模的爱情倒塌成支离破碎的废墟了。

"我昏头了,居然一边干那事,一边看扑克牌。"大哥说。

他的真实举动是,事先在枕头下藏好牌,早晨在做爱的时候取出来偷看,他真正的目的是要把一个辛紫变成五十四个性目标(一副牌的张数)。他的下流想法被辛紫发现了,因为轻微的翻牌声使辛紫睁开了眼睛,接下去,便发生了可以预料的事,一场战争爆发了,万分伤心的辛紫骂着:"下流坯下流坯下流坯下流坯……"把扑克牌天女散花般扔得满床满地都是,然后穿上衣服哭着冲出了房间。这个真相对拥有童贞的我来说(我的第一次性生活在十天后才发生),完全是晴天霹雳,我觉得大哥实在是太不像话了,他的举动肮脏得几乎使我不愿再叫他大哥,他这样一个受过高等教育的仪表不俗的医生,竟然做出这种下贱的事情,真是应该抽嘴巴,他为什么要这样做,是因为已经厌倦了辛紫么?可他们连婚礼的仪式还没办呢。在世俗的眼中,他们还没有成亲呢(成亲是民间的仪式,结婚是官方的证件)。没有成亲就已经厌倦了,就要用想象来过夫妻生活了,真是应该抽嘴巴。可是,他终究是我的大哥,我又怎么能真的去抽他的嘴巴呢。

我开始担心一件事,辛紫会不会与大哥分手。在我看来,大哥的灵魂已经背叛了爱情,辛紫如果再与他结婚(不,成亲)又有什么意思呢。

然而我的担心是多余的,临近中午的时刻,辛紫回来了,开始烧菜煮饭,我和大哥在房间里看电视,辛紫问我几时来的,我说前后脚刚到。她脸上已没有哭过的痕迹,我也装得一概不知,大家用喜气洋洋的面孔吃完了这顿饭。需要提一笔的是,在此之前,大哥已把那套印刷精美的扑克牌细细撕碎,扔进抽水马桶抽掉了。

对这件事,我没有向包括杭姿在内的任何人提起过,但心里是非常难受的,因为大哥的人格光环在我眼中消失了(当然我们仍是好兄弟,这是另一回事),而且使我对婚姻的理解有了相当大的改变。可以说,这一事件使我对爱情的美感有了地震般的破坏力,也使我对婚姻的真谛产生怀疑。我不可能预知到,两个月后,类似大哥的举动在我身上重演了，也就是说，我的本质要比大哥更为下贱（这一点可以用恋爱的时间来作标尺）。而且，我并不为这种下贱感到可耻。

大哥和辛紫是十月一日成亲的，这个日子离他们的那次吵架刚巧十天。婚礼很隆重，一切都是传统的，虽然因为杭姿的关系，我没有做大哥的傧相，但至少，我把我所在的一桌人照应得妥妥帖帖的。杭姿是第一次看到大哥和辛紫，看得出她对我兄嫂很欣赏，这并不是由于散场之后她说了你大哥和嫂子"真是天生一对"这样的话，而是在宴席期间，她的眼光始终在关注新郎新娘，羡慕之情溢于言表，我去握她的手指，她才回过神来。

当这个充满民间仪式感的婚礼在醉仙楼告一段落时，我和杭姿与首批告辞的客人一起向新郎新娘道别了。我没有去闹新房，是考虑到婚房很小，去的人又很多。当然，除此之外，我想和杭姿单独在一起也是一个原因，我没有把这个原因告诉杭姿。

那天晚上的闹新房，从十点钟左右开始一直持续到凌晨一时。这是事后大哥告诉我的。显然，他对来势凶猛的各种节目心有余悸，他拍了一下我的肩膀说："我真不该让你走。"我说："我在的话也帮不了你。"大哥说："你有了女朋友就顾不上大哥了。"我说："新婚三天无大小，闹一闹是应该的。"大哥说："那个姑娘挺漂亮的，你很爱她吧。"我说："是的。"大哥说："我看出来了，找个好姑娘不容易，要好好珍惜。"

我和杭姿的关系在国庆节的夜晚有了实质性的内容，我和杭姿第一次做爱。

白猫在木凳上看着这个过程，它似乎对床上此起彼伏的男女十分入迷，一声不哼地瞪着黄绿色的瞳仁，这个怪异的场景其实持续的时间非常之短，我一边吻着杭姿脸上的泪痕，一边凭着感觉横冲直撞，突然，背上像中了一枝冷箭，惨叫一声，全部的肌肉在瞬间僵硬，翻身摔了下来。

时至今日，我依然觉得我的男孩生涯结束得太不像话了，就那么几下，从前的生命就被颠覆了。我像一条鱼摊开在床上，翻身而下的姿势惊吓了白猫，它叫了一声，跳离。

我流泪了，绝望得快要昏厥过去。当杭姿轻轻呼唤我的时候，我没有说话。后来我看见她坐了起来，从精致的坤包里拿出一叠面纸背对着我，一张一张朝地上扔面纸。我恶心得快呕吐了，我的第一次性生活就这样很不体面地结束了。

在我与杭姿偷吃禁果的同时，大哥和嫂子被闹新房的人们包围着，完成了一个个无聊的节目，而当新房内终于安静下来，他们已精疲力竭，无法完成那个最重要的节目了。

而这时，我（新郎的弟弟）却完成了人生的一个飞跃，虽然这个飞跃并不值得吹嘘，仍具有一种象征的意味，这是我后来想到的事情。

我的第一次性生活是在清辉大楼地下室完成的。这件事的发生使我和杭姿的关系变得透明无比，我们从恋人变成了庸常的准夫妻。当天夜里，我随杭姿住到十楼左室那套很气派的大房子里去了。

这套大房子,比起我住的地下室,简直太完美了,有空调、电话和一年四季都能洗澡的热水器。所以,我先洗了澡,然后杭姿也去洗。我回到床上休息的时候看了一下墙上的木钟,它的时针已指向一点了,果然,几秒钟后,一只鸟从小门里跳出来报时了。而这时,相隔两条横行道的大哥的新房里刚刚结束吵闹,客人们开始离开,民间的成亲仪式终于拉上了帷幕。

住在这么气派的房间里,舒适是不必说的。但是除了舒适,焦虑仍控制着我的部分情绪,因为从没住过这么好的房子,我有点不习惯,所以产生了焦虑的情绪。这种解释纯属自我安慰,我知道焦虑的真正起因,但我既不愿说,也不愿想。

浴室里传来水花的飞溅声,我打开床头的小收音机,因为太晚了,大部分频道都结束了节目,找了一会儿,找到一个通宵直播的谈话类节目,这个节目我过去听过,里面一个姓时的编辑还是我大学的校友,这个节目叫"你好说吧",收听率据说一直很高。当然,我现在也在听着,电台里的男主持人和一名打进电话的姑娘正在交谈。说话的主角是那个姑娘,她在说一个自己的失恋故事,而男主持人的任务是给予同情和劝导,并在倾诉者低声抽泣的时候好言相慰。这个节目的风格大体是不变的,每天都会有一些伤心人来讲述一段伤心往事,让收音机旁的听众跟着伤心一回,我不大喜欢这个节目。

住进十楼左室后,我没有再回地下室住,开始了和杭姿的同居生活。在这种安逸的日子里,我重新写起了文字学小品,除此之外,我们几乎每天都要完成一件事:做爱。与杭姿压抑的外表格格不入的是,她的情欲很炽烈,她的身体既丰腴又削瘦,每当在我身边躺下,我都会情不自禁去抚摸她光滑的大腿,她的皮肤有一种丝绸般的质感。我的手一旦触及它,就会有种被吸附的感觉,这种感觉使我如痴如醉,同时,作为做爱的前奏,我又感到畏缩,性就像一个玻璃瓶的缺口,激情会使它扩张,直到瓶子彻底破裂。杭姿的欲望就是来历不明的激情,使我感到害怕,每次性生活结束,我都暗暗起誓,再也不去碰她的大腿了,哪怕它是真的丝绸。可当杭姿在我身边躺下来,我又管不住多动症的手了,她丰腴的大腿实在太迷人了,我就又去抚摸了它一下。这种又爱又怕的心理和没有节制的性生活一样成为一个循环,我在这种欢乐而放荡的循环间隙,完成了文字学的一本小册子,我为它取了一个古典的书名:《字义钩沉》

现在,我为自己画一幅自画像。我是一个天生的娃娃脸,这使我看上去憨厚老实,上大学时,我读的是图书馆专业。我酷爱读书,很早就成了戴眼镜的近视眼。后来,我被分配在图书馆工作,享受干部编制,干的活却是资料查询员。当然,在基层锻炼并不是坏事,所以我的工作态度还是比较认真的,经常得到领导和读者的称赞。我虽然有一张面饼一样的娃娃脸，脖子很细，身材不高，当然也不算矮，一百七十三公分，体重却只有五十三公斤，属于豆芽型，我的裸体不好看，没有男性的阳刚之美，脸上白白净净，身上却有很多体毛，这使我光着身子的时候成了一个非人非猿的东西，无愧我男人称号的是，我可以与性欲旺盛的杭姿天天做爱。

《字义钩沉》的写作用完了我收集多年的资料，这项工程的前期准备早在大学时就开始了，我历时三年做了大约五十万字的笔记，最后得到不足十五万字的完成稿，这使我感到有点畏途了。

住进十楼左室后，清辉大楼的人开始用异样的眼光打量我，在我的背脊上指指点点。相比我和杭姿的爱情，这些不友好所带来的负面作用是微不足道的。我和杭姿形影相随地出入电梯，谈笑风生，旁若无人，一副久经沙场的厚皮相，使脊背上的目光像手电筒般纷纷熄灭。

那段日子，我和杭姿忘乎所以地堕入爱河，欲望的熊熊大火把这条河映照得绚烂无比。在那间大房子里，我们玩命一样地做爱，不知道精力是从哪儿来的。有一天，在做爱之前，杭姿问我："你知道人是什么东西么？"我问："人是什么东西？"杭姿说："人是水，人的身上百分之七十五都是水。"

也就是说，当我和杭姿合二为一的时刻，我们的身体中有百分之一百五十是水，那么我们的生命到哪儿去了。难道除了水之外我们就什么也不是了么？更为奇怪的现象是，当我一个人时，我的生命中除了百分之七十五的水之外，还有百分之二十五的其他物质，而一旦与杭姿结合，两个人的身体相加，我们的生命却不翼而飞了。这道算题只有一种做法，即百分之一百五十，而不是二百分之一百五十。因为我们已经合二为一了。而合二为一的结果，生命却成了负数，这只能说明做爱是毫无意义的，是得不偿失的。这个结论弄得我灰心丧气，我想我热衷的竟然是一件毫无意义的事，我已经是行将消失的人了，但是阳具这时候已经竖得笔直了，看着它挺有能耐的样子，我心里骂了一句，真鸡巴烦。

作为第一个带给我性经验的女人，杭姿使我在这方面的欲望达到了顶峰。整整两个月，我一天不拉地和她做爱，这个时间的长度我后来再没有超出过。杭姿的故事结束后，我成了一个到处发泄性欲的流氓，用我的一技之长：吉他弹唱。在三流歌舞厅串场子，和那些像我一样不要脸的女人鬼混。我从来没有和一个女人保持超过三天的性关系。每当我在监狱里回忆起我的爱情，就会被同杭姿同床共寝的那两个月感动得痛哭失声，我一边哭，一边骂自己是个下流坯，下流坯。

杭姿是我第一个情人，也是最漂亮的情人。后来我有过很多情人，与杭姿相比，都不值一提，这是我的肺腑之言。

但对性爱而言，再漂亮的容貌也是有极限的。它不是一种加法，而是一种补充，过去我对这样一种现象不可理解：

一个男人离开美貌的情人或妻子，去和相貌平平的女人幽会。可后来我自己也这样做了，我后来的情人没有一个比杭姿漂亮，我依然不嫌弃她们，与她们做爱，没有一种失落感，没有觉得自己退步了，并且为自己能频繁调换性伙伴而自命不凡，这时我已成了一个彻头彻尾的流氓。

在狱中，我常常会想起大哥和辛紫的那次吵架，想起我为大哥的行径感到可耻，把大哥的爱情归入卑贱的范畴，那时的我把爱情与性完全混为一谈，是因为对人性一无所知。

杭姿在我的生命中，具有双重意义。第一，她建立了一个女人和性的神话，第二，她推翻了这个神话，她使我明白了一个道理，一切性的吸引都是以神秘为基础的，男人本质上个个都是流氓。

我住进杭姿那套大房子后，开始过一种与年轻夫妇无异的生活，同居后不久，我们订了婚，这个订婚仪式没有任何外人参加，情况大致是这样的，由于我欠了杭姿一笔钱，也就是上回在草琴宾馆的酒费。我一直惦记着把这笔钱还给杭姿，但她不愿接受，这使我有些犯难，心想总得变个法子把钱还她，我可不能花女人的钱，哪怕是女朋友的钱也不行。后来有一天，我和杭姿谈起婚姻大事。我说我眼下还没有能力娶你，我们先订婚吧。杭姿没有反对，她大概想看看我要耍什么花样，女人在这方面总是充满好奇心，于是我得到了偿还那笔酒钱的机会，我拿出了我全部五千元的积蓄，先上金店花二千七百元买了条项链，然后和杭姿一起，逛了时装广场，作为订婚礼物，杭姿接受了我为她选择的一套名牌晚裙，这套时价二千元的晚裙为藕色基调，杭姿穿起来，既高贵又妩媚，使我不敢相信如此光彩照人的女郎竟是我的女朋友。看着她在试衣镜中欢喜地旋转，我拿出了那只装着项链的锦盒（这才是我的礼物），对她说："来看看我送给你的礼物。"她看见我拎起项链，像拎起水中一根阳光的虚线。看着她又惊又喜的模样，我的心里既幸福又失落，幸福的是我今天订婚了，失落的是我彻底成了穷光蛋，我让杭姿坐在沙发上，像电影里那样做作一回，"我为你戴上。"我把项链戴在杭姿洁白的脖子上，很落俗套地吻了一下她的头发，"我们永不分离。"我把这句话说出来，订婚就算完成了。

  订婚对我和杭姿而言，完全是一个私人事件，它使我和杭姿彼此确立了对方的位置，也使我有了心安理得在大房子里住下去的身份。我爱杭姿，这是不必说的，我的爱遍及她的全部。但我的爱开始无聊了，这也是事实，杭姿是个美人，手指却丑陋无比，常年弹奏吉他在她的指尖留下一层鱼鳞般发亮的老茧，当然，她后来不再弹吉他了，迟早，她的手指会变得好看的。可是，对一个热恋中的男人来说，开始去发现情人身上的缺点又意味着什么呢。

  在大房子里，我和杭姿度过了如胶似漆的两个月，杭姿妙不可言的身体使我的欲望始终不泯，这个房子里从来没有人来过，使我们可以和白猫一样，一丝不挂地在房间里走动,我为这种放肆的行径找了一个成语,对杭姿说:"我们这叫坦诚相待。"

有一件事杭姿每次都回避我,就是洗澡。她光着身子走进浴室时,顺手把门关上了,把门销也插上了。对此,我并不在意,因为这时我在推进《字义钩沉》。当然后来我还是注意到了这一现象,我发现杭姿在浴室里呆的时间特别长,沐浴完毕后身上有一股浓郁的干草香味,我被这股神秘的香气所吸引,决定去看看她究竟在浴室里干了些什么,她身上的香味来源何处。她洗澡的秘密像水藻一样在我心中越缠越厚,差不多要把我的心给活埋了。后来我发现有一个地方可以观察到杭姿的洗澡,那就是清辉大楼的坪台和十楼左室的交汇处有一扇很小的天窗。

这扇天窗可能已有半个世纪无人擦拭,所以乍看上去更像一片黑瓦,我事先用小刀在它表面刮出一块二分硬币大小的透明,然后在杭姿洗澡的时候去当一名窥视者。沐浴中的杭姿体态生动,泡在浴缸里舒展开来,肥皂沫很快把她全身淹没,大约半个小时,她站起来冲淋,然后擦干头发和皮肤,跨出浴缸,在一只塑料凳上坐下来,架起一条腿,像树丫一样张开脚趾。她从水斗边的矮柜里取出一只盒子,打开盒子,拿出一条软皮一样的东西,夹在脚趾间来回磨擦,左腿甫毕,又架起右腿,重复那些动作,接着,又站进浴缸里去洗脚,同时把那条软皮用肥皂洗了几遍,她再跨出浴缸,坐在塑料凳上,把软皮放进盒内,又取出一支牙膏形状的软管,把淡黄色的膏药一点点挤入脚趾间的缝隙。再把软管放回盒子,再把盒子藏进矮柜,最后像抹雪花膏一样抹起了脚,把膏药抹匀,站起来到水斗边去洗手。浴事至此方才告一段落。

这个过程使我瞠目结舌,把我的胃翻了个遍。我没料到,我所迷恋的干草香味竟来自于治疗脚癣的膏药,这个发现,让我很不舒服。如果说,杭姿手指上的老茧带给我的只是一丝怜惜,那么,她脚趾间的真菌带给我的则完全是一个美丽神话的破灭,我以我的理智抗拒对那股干草香味的厌恶,但我失败了,我对杭姿的欲望像潮汐般退下去了,或者说,被那股干草香味卷走了。

就在当夜,我得到了一种维持性爱的诀窍,这意外的收获将使我对女人永不厌倦,成了我最终变成流氓犯的根源。

维持性爱的诀窍来自于一个电视画面,它带给我突如其来的灵感,将我从那股恶心的干草香味中解放出来。我从电视里看到的是一群在沙滩上追逐嬉戏的少女,类似画面在荧屏上司空见惯,但恰在这时,我对她们关注起来,我看着那些飘飞的长发和若隐若现的肌肤,感到一种无以名状的紧张,我选择了其中最漂亮的一个姑娘,在杭姿身上强奸了她。欲望过去后,我想起了大哥的扑克牌,我知道,我的爱情已经堕落了,我是一个下贱东西,我连杭姿这样漂亮的姑娘也会感到厌倦,说明我对女人的欲望绝不局限于容貌。在后来的日子里,我在杭姿身上强奸过很多女人,有的来源于荧屏，有的来源于挂历，有的来源于记忆中走在大街上的某个女郎。我必须要用幻想来过性生活了，我并不为这种背叛爱情的行为而感到可耻，我的本质是下贱的。杭姿的故事结束后，我把性幻想变成层出不穷的性现实，直到被关进监狱，直到今天。

我的《字义钩沉》脱稿后，交给了市立图书馆的附属出版社。因为我知道博物馆刚刚得到一家大公司的资助，成立了"中青年学术交流出版基金"，正准备推出一套丛书，我所撰述的是冷门学科，入围的可能还是比较大的。当然究竟能否出版不是我的一厢情愿。我还是把这件事朝好的地方多想了一点。这可能与我当时的情场得意有关。的确，情场是磁场，正极是热恋，负极是失恋。而我处于正负极之间，既不如热恋那样欣喜若狂，也不像失恋那样丧魂失魄，心态甜蜜，与苹果仿佛。

我和杭姿共同生活的日子是很风平浪静的。我们一起下班，在农贸市场买菜，回家后一起忙吃的。我和杭姿都喝点酒，也会烧一手美味的菜肴，可我们不喜欢收拾残局，于是就用小小的赌博来解决，譬如请猜出盘里吃剩的腰果是单数还是双数，或者请立刻说出"黄鱼"和"毛豆"哪个笔画更多。抢答的结果，前面一类题目杭姿猜对较多，后面一类题目我猜对较多。也就是说女人对抽象的数字较为敏感，男人对具体的文字较为敏感。扩大而言，女人喜欢抽象，男人喜欢具体。正如我喜欢杭姿是具体的女人，杭姿喜欢白猫却是抽象的宠物。我之所以这样说是基于如下论点：女人对男人是最后的女人，因为在女人背后仍然是女人，而宠物对女人却不是最后的宠物，因为在宠物背后并不是宠物。宠物仅仅是一个象征，它必定是建立在一种具体的事物之上，关于这一点，白猫后来作了证实。

也就是说，在白猫失踪之前，我已猜到它背后潜伏了一个故事了。

白猫是在秋天的一个下午失踪的。那天下班后照例去草琴宾馆接杭姿，杭姿外出总要带上白猫，把它抱在怀里，她从玻璃门里走出来时，白猫正在她臂弯里闭目养神。说实在话，我不喜欢这只猫，因为我知道它本来有多难看，它的漂亮是杭姿为它伪装的。每天早上，杭姿都要为它洗澡，然后为它补上白色的颜料，杭姿叫它安吉拉，真是对天使的亵渎，不过既然杭姿喜欢它，我有时也只好爱它一爱，摸摸它的脊背，梳理梳理它的毛，心里却在想哪一天把它弄死算了。然而由于它整天不离杭姿左右，阴谋始终没有得逞。

杭姿从玻璃门里走出来，脸上挂着苦涩的微笑，她表情中的幽怨令我着迷。这是我一辈子都无法忘怀的笑容，在这个普普通通的秋日，我不知道，一团阴云正向我们逼近，我快要永远看不到杭姿和她的苦涩微笑了。

白猫是在农贸市场失踪的，当我和杭姿在挑选一条蛇时（杭姿非常爱吃蛇羹），白猫从下蹲的女主人怀中脱离了，当我付了蛇款，提着已被剥皮宰杀却还在扭动的蛇肉准备离开时，听到杭姿失声叫道："我的安吉拉。"

我们在农贸市场及附近找了三个多小时，没有找到走失的白猫，杭姿为此难过得晚饭也没吃，为她煲的蛇羹也吊不起她的胃口。她哭了，第二天向歌厅请了假，也硬让我请假，陪她去农贸市场那儿漫无目的地寻觅，嘴巴里叫着："安吉拉安吉拉……"那副神经兮兮的样子，搞得我心里十分反感，不就是一只猫么？脸上却布满了惋惜和同情，装得和白猫是相濡以沫的密友似的。

寻觅的结果，是一无所获，杭姿哭了又哭，料不到当天夜里，白猫居然被人送了回来。

估摸是晚上七点半光景，我在浴室洗澡，有人把白猫送了回来，杭姿接待了那人，我浴毕走出来时，刚巧看到那人离开，那是个长发披肩的年轻人，身材非常高大，看见我他好像愣了一下，然后走了出去。

那只猫恢复了它本来丑陋的样子，一条腿断了，身上都是脏草和灰，妙乎妙乎叫着，在杭姿身边发抖。此刻的杭姿，神情呆滞，坐在椅子上，眼睛中空空荡荡，灵魂出窍的姿态。

推了她一下，她才回过神来，问怎么回事。她站了起来，走进里屋，回头对我说："你知道刚才那人是谁？"

我摇了摇头。

"还记不记得白屋小学的张军。"

"大兵？"我很吃惊。

"是他，是他把安吉拉送回来的。"

"他的变化太大了，头发那么长，一点也认不出来，他怎么知道安吉拉的主人是你呢。"

"我也在想这个问题，他怎么会认出安吉拉呢。"杭姿突然哭了，她这一哭，一种隐约的不祥像雨丝一样弥漫了我的全身。

第二天，杭姿出走了，当我下班回到大房子里，那只猫四脚朝天仰在水盆里，已经死了。

当天夜里，杭姿没有回来，这只是一个开端，一连四天，她都不见踪影，每天晚上她会打一个电话来，都是短短一句话。

"申屠，今天我不回来了，你自己先睡吧。"这是第一天。

"申屠，今天我又不能回来了，你先睡吧。"这是第二天。

"申屠，对不起，今天我不回来了，你先睡吧。"这是第三天。

"申屠，你睡着了吗？把你吵醒了，对不起，你继续睡吧。"这是第四天。

杭姿的来电时间都在夜里十一点到零点之间，她语速很快，没等我回复她已挂上了电话。

到了第五天，杭姿把电话打到了图书馆，这是下午四点一刻，我在馆内出版社和《字义钩沉》的初审编辑聊天，杭姿请人把电话转过来了，我刚刚拎起话筒，电话那头就传来杭姿有点失真的说话声。

"申屠么？我是杭姿。"她在哭。

"我是申屠，杭姿你在哪儿？"我问。

"我是个下贱的女人，你忘记我吧。"她说。

"你说什么呀杭姿。"我说。

"我昏头了，我铸下的错误只能用死来弥补，不，死也不能弥补。"她的声音越说越轻。

"杭姿你千万别干傻事。"我大叫。

"这个世界已经不属于我了，我打电话来，是告诉你今天晚上电视台有一场实况音乐会转播，我希望你能到时收看，再见。"

她把电话挂了，话筒里传来无休止的忙音，把我变成了雕塑。

等我回过神来，立刻打电话给询问台，电视台电话是什么？得到号码后，我又打给电视台，询问晚上转播的是哪场音乐会。一个声音沙哑的女人回答："天地体育馆，大兵乐队演唱会。"

搁下电话，我的第一个反应就是去天地体育馆，既然杭姿让我看电视转播，我何不干脆身临此境呢。我从没有听说过什么大兵乐队。当然，天地体育馆是本城最大的室内体育馆，可我至少五年时间没去光顾了。无论发生什么事，我都要去看这场演出。于是未等下班，我就给科长打了个招呼，提前走了。

天地体育馆距离市立图书馆非常之远,一个在城北,一个在城南,等于是穿过整个市区,我骑了差不多两小时车才赶到那儿,此刻,已是傍晚六点半光景了。

体育馆门前已开始出现等待入场的人,我没有票,而且,按惯例,这类演出是没有当场票出售的。我只好等退票了,可是,我犯了一个很大的错误,我急急忙忙冲出图书馆,忘了把钱包从蓝大褂里掏出来,中午我去行政科买饭菜,把钱包放在褂子口袋里,结果忘记了取出,当我在体育馆边的一个角落里准备和一个票贩子成交时,才发现身上竟是分文全无,我一下子呆住了。

那个贩子骂骂咧咧地走了,我的脑子一下子乱了,七点钟演出就要开始,现在已是六点四十分,如果赶回去看电视,从体育馆到清辉大楼至少需要一个小时,我唯一能选择的只有就近找一个熟人,去看那场充满悬念的实况转播。

我把我所认识的人在脑子里过了一遍,我想起离此不远处住着一个大学同窗,是当时校园演唱组的成员,我有很长日子没有和他联系了,冒昧地去找人家看电视真是不合常情,但事已至此,也顾不上那么多了,凭着记忆找到了同学家。同学姓火(也是一个怪姓),见我从天上掉下来,很高兴,而我顾不上许多客套,寒暄没几句,就提出要看电视。火同学虽然有点纳闷和扫兴,还是立刻把电视机打开了。

我找到转播演唱会的那个频道,演出已经开始了。

火同学揶揄我:"你这家伙,还喜欢这种演唱组,重温旧梦吧。"

我笑笑,闪烁其词地答应了几句,眼睛不离开荧屏。很快,我看见了那个长发青年,他是张军,我把他认了出来,他手持吉他,弹出一首我熟悉的调子,他的嗓音中充满迷幻的、飘忽不定的情绪,他唱的是《白色恋歌》:

  白色的天堂谁也没有见过
  白色的恋歌如同天上云朵
  白色的姑娘你在我的身边
  白色的肌肤在目光里害羞
  白色的一只鸟带来
  白色的雪景和雪地上的温柔
  白色的呼吸使我们拥在一起
  白色的雪莲在阳光里害羞
  白色的姑娘你在我的身边
  白色的婚纱在月光里害羞

这首情歌对我来说耳熟能详,杭姿最爱唱的就是这首歌,在她翻来覆去弹唱的五首歌里,这是唯一一首走向婚礼的情歌,我想,这或许是杭姿偏爱它的原因吧。

演唱会在观众狂热的拥护声中进行,大兵乐队由五名长发青年组成,张军是主唱。应该说,他非常会唱歌,他的歌中糅合着类似黑人灵歌及节奏与布鲁斯音乐所具有的一种朴素而华贵的质感，两小时的演唱会中唱了将近二十首歌，包括《白色恋歌》在内的五首杭姿唱过的歌，张军在唱这些歌的时候，我有一种难以言传的困惑，这种困惑无疑是建立在妒嫉之上的。当然，张军的歌唱得很好，但他愈唱得好，我便愈觉得不安，好几次我都想关上电视不看了，却没有付诸行动，我的眼睛始终不离荧屏，我在等候什么呢。时间飞快流逝而去，演唱会渐渐进入尾声，张军在唱完一首《玫瑰河》之后，声明要唱最后一首歌了，他脱去了外套，穿一条红背心，他健壮的身躯引起观众席上女歌迷的一片惊叫，前奏缓缓升起，一位现场礼仪小姐从后台走出来，把一束瑰丽的鲜花献给张军，这束花异常茂盛，堆满了张军的前胸，礼仪小姐对张军耳语了一句，张军面带笑容，在光束的笼罩下走向观众，他扬了扬那束花大声说："非常感谢你们送来这束漂亮的花，感谢你们喜欢大兵乐队的歌，最后送给你们一首——《从这里走向永远》……"

> 从这里走向永远
> 失去的不仅仅是爱情
> 俏丽的姑娘走在河边
> 河水冲走了她的背影……

正在这时，一声巨响把我和火同学吓了一跳。电视里，张军怀中的鲜花突然爆炸，飞溅的花瓣在舞台上像五光十色的雨一样裹住了张军，他的手臂一下子被炸断了，脸上血肉模糊，人像被拔起的树一样滑倒在地板上，他肯定活不成了。

十秒钟后，镜头被拉开，观众席上的尖叫也被同时掐断。少顷，荧屏上出现这样一行字：转播出现技术故障，不能继续播出，希观众见谅。

我和火同学面面相觑，这样的事也许是大陆电视直播史上没有先例的。这个偌大的城市哪怕只有十分之一的人收看了这档节目，用不了多久，这场实况转播的谋杀案也会到处传播了。当然，谁谋杀了张军，我已猜到了十之八九。火同学看我的眼光突然疑惑起来，对他来说，我对这场演唱会的热心也是值得怀疑的。此时我已没有解释的情绪了，我只知道，杭姿要永远离开我了，从火同学家出来，我有种彻底绝望的感觉，谁也救不了杭姿了，她杀人了。

她现在也许已经死了，死就是没有了，就像从来没有过一样永远没有了，想到这里，我哇地一声哭了出来。

这天夜里，我再也无法入眠，这是我在这间大房子里住的最后一夜，明天就要搬回地下室去了。我希望电话铃会突然响起，杭姿的声音在话筒那头出现。但是，没有。我知道，杭姿要死了，这比我自己死了还要让我不能接受。我的眼泪落在枕头上，我想起了白屋小学的小姑娘哭哭哭，想起了清辉大楼坪台上弹唱的杭姿，想起了草琴宾馆唱港台歌的波波小姐，想起了缠绵温柔的我的情人。我越想越伤心，越想越受不了。我的双脚像鹅掌一样扑打，手捏成拳头痛击床铺。这是我难受到极点时的失态表现，我的哭再也止不住了，我大叫着：杭姿杭姿杭姿……

最后我没有力气了，我踏实了。我爬起来抽烟，抽了很多烟，把房间弄得跟迷雾天似的，我看着墙上的木钟，已经过了一点，我把收音机打开，电台正在放"你好说吧"，我对这个节目没有好感，现在只想听人说说话，随便是谁，随便说什么，只想听听人的声音。听着听着，迷迷糊糊了，然而我没有睡着，脑子里都是杭姿的影子，我只是闭上了眼睛，神智却在额头飘荡。这样，不知过了多久，我触电一般跳了起来，我竟然听到了杭姿的声音，没错，就是她的声音，她打进电话了，她在电波里说话，她在"你好说吧"里面，我看了一下时间，已过了凌晨四时，她要以此种形式说一说她的故事，她的声音里没有一丝悲伤的成分，叙述的口气十分平静，她原原本本地公开了她长长的爱情故事，我已领悟到这是她的临终遗言。

我叫杭姿，整个晚上我都在拨这个节目的电话，一直到现在才拨通。我之所以一定要打进这个电话，是因为我没有别的时间了，这是我的最后一夜，也是面对永恒夜晚的一个开端。我要说的这个故事是我自己的，我上初中的时候暗恋上了一个同班同学，我们都叫他大兵，其实我和他很早就是同学，幼儿园、小学，一直到初中。他是个大个子，非常高大，女同学都喜欢他，这种喜欢是建立在他的外表基础上的。他虽然不是非常英俊，但很有男子汉气，特别是他的高个子，在校园里很少见，宽宽的肩膀女孩子都想上去靠一靠，他宽厚的背影更让情窦初开的少女们怦然心动。当然，这样的情感很不可靠，只不过少女们的爱情最初都是从外貌开始的，我也不例外。

除了男子汉的体魄，大兵还有一样东西让我着迷，那就是吉他弹唱。他在校园里成立了一支演唱组，把台湾校园歌曲模仿得惟妙惟肖，校园里有一片夹竹桃林，演唱组常在那儿练唱，他们一共有四个人，清一色男孩。他们人手一把吉他，穿中山装，自称年轻人乐队，在校园的每个角落都会出现他们边走边唱的身影，他们有许多追随者，老是跟在他们身后，羡慕和崇拜他们，有不少同学也在暗中学起了吉他，我就是其中一员。

我是从琵琶开始转学吉他的，我母亲在一家军校教书，弹了一手好琵琶。我把要学吉他的想法说给她听，母亲很为难，原因有两个，一是她不会弹吉他，二是同样在军校当教官的父亲坚决不同意。父亲觉得吉他是一种庸俗的乐器，后来母亲想了一个两全其美的主意，先教我琵琶，因为琵琶是中国乐器，是国粹，父亲就不能说什么了，同时琵琶的弹奏手法与吉他有不少相似的地方，琵琶学好，改学吉他就很容易。我接受了母亲的建议。

我学琵琶十分认真，不久就能弹一些像《十面埋伏》之类的颇有难度的曲子了。虽然弹得断断续续，勉强成调，却给了我不少信心，这样，不觉过了两年。

我读的沃马中学是所完全中学，上了高中后，大兵没有分在我一个班，我在理科班，他在文科班。由于年轻人乐队里有两个人转学了，这个乐队就解散了。大兵没有就此罢休，仍然怀抱吉他在校园里又弹又唱，剩下的那个搭档则在一旁为他伴奏。后来，他们在校园里贴出了一张告示，说要成立新的年轻人乐队，请有意者报名。

我去报名了，为了证明自己的诚意，我还用省下的零花钱买了一把吉他，声明吉他由他们保管，他们商量了一下，答应我加入他们的演唱组，但要求我必须在一个月内学会吉他，由大兵当我的辅导老师。

果然像母亲说的，吉他弹奏的许多技法和琵琶很相近，我学得很快，在我吉他技艺日益提高的时候，我的恋爱开始了。

有一天在学琴时，大兵说，这么多年我一直在注意你，你其实长得很美，而且一年比一年美，我很喜欢你的这种美。

他说这些话的时候非常坦诚，在此之前，我一直把自己看成一只丑小鸭，我不知道是从何时开始变得漂亮了，我已经注意到自己开始变美了。可是没有人告诉过我这一点，是大兵第一次说我长得很美。这使我不知说什么才好。我想我的脸肯定绯红一片。我看着他的眼睛，看着他把我揽进怀里，我把少女的初吻献给了他。那天，他给我说了他的梦想，他说自己要成为一个伟大的歌手，不预备考大学了，高中一毕业就去流浪，把音乐的种子播洒在天涯海角，我被他的浪漫计划感动得热血澎湃，信誓旦旦地说，到时跟他一起去，他走到哪儿我跟到哪儿，我们都被辉煌的未来控制住了，激动得全身颤抖。

后来我没有兑现誓言，考入了理工大学电子系。大兵真的没有高考，离开我们这个城市，出去闯荡了。他经常写信来，一会儿北上，一会儿南下，一会儿出现在一个少数民族地区。信封上的邮戳都是不同地方的邮局盖的。在我大学的两年里，他几乎跑遍了大半个中国，他一年中只有半个月回到我们这个城市，我看着他又黑又瘦的样子觉得他简直就像个英雄，有一年暑假，他又回来了，他组织了一个非常棒的乐队，取名大兵。他是主唱手，另外还有三个和他一样的长发青年，就是那个夏天，我把一切都献给了他，并且我下定决心要跟着他。于是我离家出走了，这是悲剧的真正开始。

本来说好我跟他们跑一个夏天，暑假结束后，继续回来上课。可不到一个星期我就回来了，是大兵把我送回来的。他走后，就再也没有他的讯息，直到前几天他才出现。那年暑假，我跟他们飞到了拉萨，他们在那儿有一个巢，一个三十岁的汉族女人把我和大兵安顿在一个房间，我在那儿住了一共四天。高原反应使我呕吐不止。于是大兵只好把我送了回来，然后，他就走了。

这时我已怀上了他的孩子，当我发现这一点时已经找不到大兵了，我面临的选择只有堕胎或生下孩子，当我决定选择后一种方式时，也意味着我必须要退学了，这个决定使父母大发雷霆，他们与我决裂了。

今天想来，我当时执意要生下这个孩子，是基于对浪漫爱情的迷恋，我认为这个孩子不是我一个人的，我没有权利主宰他的生命，而且我不可能料到大兵会就此一去不返，我那时深深地爱着大兵，为他生个孩子是一件令我感到幸福的事。

孩子是在那年暑假怀上的，当我和大兵憧憬未来的时候，他对我说，如果哪一天我们有一个小孩该多好。这句话几乎像蜜糖一样灌满了我的心灵。我接下去和他讨论起孩子称谓，讨论的结果是男孩叫橡树，女孩叫安吉拉。当然这些都是孩子的昵称。

那年暑假，大兵乐队刚刚成立不久，诞生了第一批作品，一共有五首歌，大兵承担了作词作曲配器和主唱。他已经从一个模仿台湾校园歌曲的中学生成长为一个真正的歌手了。虽然没有考大学，但相比学院派的保守，他的作品具有一种民间性格。在那五首歌中，有一首《白色恋歌》是去拉萨途中写的，大兵说是专门为我写的。那首歌的歌词和其他作品相比，显得温情脉脉。这是我比较喜欢的一首歌，因为它描绘的是一幅少女出嫁的图画。这首歌像冬天的阳光般迷惑着我，我坚决要生下那个孩子与它不无关系。

从拉萨飞出来后，我们换了火车，我一直发着烧，嘴唇都焦了。大兵为我忙这忙那，许多乘客都夸他好，暗里对我说，你真有福气，找了个这么体贴的丈夫。我一听，眼泪都快流出来了，知道再也离不开他了。

我离家出走后，父母不愿再接纳我，我只好住到外婆那儿去，她是个寡居的老人，一个人住在一幢老式大楼的顶楼大房子里，我回来后，大兵陪了我一个星期，每天早上来晚上回去，他的家离我住的地方骑自行车半个多小时，他给我买来吃的，弹吉他给我听，我本来没什么大病。不过是高原反应闹的，回到自己的城市，我恢复得很快，再加上他悉心照料，就全好了。

大兵走的那天，不知从什么地方抱来了一只猫，这只猫出生不久，全身像棉花一样软乎乎的，大兵说是他们邻居家的一只老猫刚下的崽，这只猫通体雪白，十分可爱，我真是爱不释手。这天晚上，大兵走了，把猫留给了我。他说事先约好和伙伴们在成都汇合，我把他送上了火车，他说他很快就会回来的，但他骗了我。

用一句古话来说，他从此黄鹤一去不复返了。他走后的第二天，那只猫变了颜色，露出黄色的毛。我不知道这是怎么回事，当然这可以理解成大兵给我开了个玩笑。这种玩笑有什么意思呢。我感到非常委屈。

我怀孕后，父母不要我了。我当时只有一个念头，把孩子生下来,别的什么都不管。但是我没能留下这个孩子,怀孕七个月,由于一次突如其来的腹泻,住院的当天下午,我早产了。医生说那是个女孩,我悲痛欲绝,几乎不想活了,回想腹泻的原因,我曾吃下了一些鱼干,它们似乎有一点霉味了,可我认为这是不碍事的,津津有味地嚼烂它们,吞进了肚子,结果杀死了腹中的婴儿。

女儿夭折后不久,外婆也死了。那一年对我来说,真是多灾多难,如果不是惦记着大兵回到身边,我真是没有活下去的理由了。

为了生计,我开始在一家大宾馆里卖唱,歌厅老板送给了我一个名字:波波。我穿着半透明的衣服在台上唱最时新的港台歌,我挣的钱比其他卖唱者都要多,我学会了大把大把花钱买时装和化妆品。我用挣钱和花钱来打发自己的空虚。

从那时起,我也成了一个让人奇怪和讨厌的人。每天有两件必做的功课,一是为那只猫洗澡化妆,我把死去女儿的名字送给了它,叫它安吉拉,把它的毛涂成白色,大楼里的人本来看到的是一只难看的黄猫,发现它变成了雪白的假波斯猫,对我为什么要伪装它感到大惑不解,只是他们虽然表示奇怪却也无话可说,因为我没有妨碍他们。但我的另一门功课就让他们讨厌了,每天夜晚从宾馆回来,总要弹唱那五首大兵乐队的歌,不,他的歌。冷天我坐在门前的走廊上弹唱,热天我在大楼的坪台上弹唱,他们一开始好言相劝,后来发展到骂人，我充耳不闻，后来，大楼里的人都用一种恼火的眼光看我，我视而不见，我变成一个恬不知耻的女人了。

后来，我的生活中又出现了一个男人，那是今年夏天的事。他是我小学时的同学，十多年不见，他也搬到我住的那幢大楼里来了，他住在地下室，我在顶楼，他很爱听我唱歌，就到坪台上来了，后来他认出了我，我知道他暗恋我，我们的恋情是从一个雨天开始的，那天他和我一起去了我卖唱的那个宾馆，他看着我在台上庸俗不堪的样子，非常生气，他这个人并不是非常有情趣，倒还是有一点小聪明和进取心，人也不错，后来我差不多有点喜欢上他了，我们同居了。他非常爱我，这我知道，但我在和他干那件事的时候总想着大兵，我知道这对他太不公平了，但我没有办法，有的时候我清醒过来，知道是在同他做爱，我就想，你要我吧。反正大兵不会回来了。如果你喜欢，你都拿去好了。这样的想法对他很残酷，却可使我的情欲保持不衰，那段日子我们像着了魔一样沉迷于做爱，如果不是大兵的突然出现，我迟早会嫁给他的。

当然，大兵在失踪那么久之后再度出现，从理智上讲，我已无法接受他了，我既然与一个我不十分中意的男人同居了，其实也说明，大兵在我的心中已经被涂掉了，他已经死了。可惜我并没有控制住自己的理智，我的情感告诉我，虽然我恨过他，我仍然是爱他的，只不过这种爱因为麻木而变得畸形了，这种畸形是时间造成的。可以同样用时间来修复，我产生这种单纯的想法有一个由头，那就是大兵送回了我的白猫。

白猫是在农贸市场走失的，找了很长时间都没找到，结果大兵抱着它来敲响了我家房门。他让我跟他走，他说他这些年没有来找我是因为要闯出一片天地后来见我，他说他现在马上要成功了，他和他的大兵乐队已和台湾的一家大公司签了约，开始了国内巡回演唱会，他这次回来算是衣锦还乡了，演唱会的第一站就是我们这个城市。我一口回绝了他，理由是自己快要结婚了。他很吃惊，就走了。走前他对我说，如果你来找我可以到花王大酒店南楼六层，我们一班人都住在那儿。这时我现在的男友刚洗完澡出来，他们照了个面，大兵离开了，其实他们也曾是小学同学，我现在的男友没认出大兵，大兵却一眼认出了他，这是次日我去找大兵时他告诉我的。

我之所以去找大兵只有一个借口说服自己。大兵来我家的路上，无意中发现了受伤的安吉拉，并且把它送了回来，这对我来说是不可理喻的，因为安吉拉已从当年的猫崽长成了大猫，他居然能够把它从路边的角落里认出来，太不可思议了。一来它涂上了白色，虽然已经斑驳，毕竟是伪装过了，二来它受了伤，身上又脏又有血污，他是靠什么认出它来的。他既然能将一只猫记得这么深刻，说明他的确没有忘记我，或许是他的虚荣心太强了，非要混出点名堂来炫耀给我看，其实又何必呢。我从来没有小看过他。

于是我被自己说服了，第二天一早我去了天地体育馆旁的花王大酒店，找到了他。我问他是怎么认出安吉拉的。他说我认人只认眼睛，动物也一样，眼睛是最准确的，是最不能掺假的，我也认出了你要嫁的人，他是我们在白屋小学时的同学娃娃脸对么？他也许没有认出我，我却一眼认出了他，不，认出了他的眼睛，虽然他戴上了近视镜。任何人的眼睛都骗不了我。你的也是，你的眼睛告诉我你仍然爱我。留下吧，我的小姑娘。一听他叫我小姑娘，我再也忍不住哭了出来，这是他对我的昵称，几年没有听到这种称呼了，我忍不住扑进他怀里哭了。

我不知道我留下来将是一个错误，一个无可挽回的可怕的错误，我昏头了，这么快就原谅了他，我没有把女儿夭折的事说给他听，怕他感到内疚。他把我介绍给他的伙伴们，大兵乐队与当初比较，阵容改了，队员增加到了五个，只有一个大鼻子队员我那年暑假见过，其余都是陌生面孔，他们租用了花王大酒店南楼六层的全部客房，这是离开天地体育馆最近的一个大饭店，演唱会的组织机构和演职人员都住在这儿，大兵自己有一个房间，当天晚上我没有回去，和他住在了一起。

这是一个错误的开端，我一共在花王大酒店住了四个夜晚，每天只给我现在的男友打个电话，不等他说话，我就挂了，我这样的行为太不负责任了，所以接下来发生的事就是报应吧。

大兵乐队的经理人是一个五十多岁的中缅混血儿，会说半生不熟的汉语，大兵把我介绍给他后，他总是用一种不安分的眼光看我，我把这告诉了大兵，他说不碍事的，你长得漂亮，人家才多看你几眼。我说，他老是有事没事来我们房间至少不礼貌吧。他说，我在你放心好了，不会有什么事的。

我很快发现，大兵怕这个阴阳怪气的小老头，大鼻孔歌手私下告诉我，这个小老头其实是投资代表人，大兵乐队的开销以及出版大碟录音带开演唱会的经费都掌握在他手中，可以说，大兵乐队某种程度上是受他控制的，当然你也可以摆脱他，另外投靠投资人，但这很困难，所以大兵只能让他三分，虽然他很有才华。

知道这个底细，我愈发不安起来，只不过自己始终不离大兵左右，我并不认为这种不安会转化成灾难，可是，一切还是不可避免地发生了。

我住在花王大饭店的第四个晚上，也就是昨天晚上，不，现在应该算是前天晚上了。他们办了一个演唱会前夕的酒会，酒会结束后，大兵让我先回客房休息。一个小时后，他回来了，我刚与现在的男友打完电话，在窗边眺望城市的夜景，他托着两只高脚杯走到我跟前，第二天他就要上台了，我预祝他成功，然后接过酒杯，一饮而尽。后来我就没有知觉了，当我第二天早上醒来的时候，事情无法挽回地发生了,我居然睡在了那个小老头的身边,我心爱的男人亲手把我送到了别人的床上,这使我肝胆俱裂,我知道我再也没有理由活下去了,同样我也不会让他活下去,他太下流。我离开了花王大酒店,找了个僻静的地方痛哭一场,我想了一个杀人计划,且立刻开始着手实施。我在大学时学的是电子,我准备搞一个爆炸装置,这对我来说并不难,我买来了配件和一些代用品,又搞到一个遥控器,与做成的爆炸物联接起来,完工后,我去买了一大丛鲜花,扎成一个大花束,把爆炸物藏在里面,等待黄昏的到来。

大兵乐队的演唱会是电视台现场直播,相信有许多人已经看到那个爆炸场面了,这就是我一手策划的,我成功了,我杀死了他,现在,我也要死了,我现在告诉你们,我是在草琴宾馆的902房间给电台打直播电话,现在已是晨曦初露时分,而我面对的将是永恒的夜晚,永别了世界。

杭姿话音刚落,我便冲出了房门,我蹬着自行车,发疯一样驶向草琴宾馆,当我赶到出事地点时,已有许多公安人员在那儿了。电梯把我送到了九楼,我奔到902房间,两名穿白大褂的人正在推出一具尸体。杭姿已经死了,白布遮住了她全身,我一下子瘫在地上,心猛地沉到了脚底,不,它掉出了我的体外。

验尸结果,杭姿死于杀虫剂中毒,此外,法医在她体内还发现了一根项链,所以说吞金也是她致死的部分原因。无疑，那根项链正是我送给她的订情之物。

杭姿死后，我从那间大房子里搬了出来，那个女电梯员对我说："我早就说过，你如果不离开她，肯定会倒霉的。"我冲她龇了下牙，把她吓了一跳。

我重新住进了地下室。不久，我开始了卖唱生涯。我在三流歌舞厅串场子，和女人们鬼混，后来在一次扫黄行动中，被同伙揭发，以流氓罪被判了刑。我住进监狱后，市立图书馆退回了我的《字义钩沉》手稿，据那个前来探监的初审编辑说，我的这本书已通过了终审，如果不是我犯事，很快就要出版了。

我想我都已经是流氓了，还要出版什么书呀，流氓就是流氓，流氓去搞学问本来就是对知识的亵渎。我把那些手稿一页页撕碎了，弄得地上一片苍白，像上坟似的，我被狱监教训了一通，我害羞地冲着他笑了。

写于1995年6月8日

雨季的忧郁

羊羔在广场上踢一块石子,他看看表就知道稻子不会再来。果然此刻天地变得昏暗,羊羔一脚把石子踢得很远,离开广场,在路灯边缘隐遁了。顺便提一下,羊羔原本就没指望稻子能来。她自然不会来,来了才怪呢。羊羔心想,总不能连自己也要欺骗,他知道这种事由不得忖测,没准他会找到什么借口。风有点大,他把领子竖起来,手插入衣兜,一些硬币在他指缝间涌动,他取出一枚,一路抛着玩。有一回没接住,他俯身下蹲的时候,眼中竟濡湿了。硬币还在地上旋转,羊羔拾起它放在嘴边吹了吹,他想这东西就是钱,又想这叫钱的东西蕴含一丝怜悯的成分,或者是值得努力一番的。羊羔是有收入的人,靠这些收入他可以无风无浪地生活,虽然他很难弄到更多的钱,但他觉得日子过得去便罢了。他从来没在这方面用过功,稻子却不行,越来越不行。其实,稻子自己也没什么钱,但稻子有迷人的脸蛋,还有凌云壮志。稻子的梦做长了,连自己也有些灰心。羊羔不忍去点破,他想人终归是有梦的,如果说穿便彻底失去稻子了。他慌慌张张的样子,拖着一只白色的大布熊出现在我面前。

雨。

雨后来停了,街道湿漉漉的。风在丫杈间穿过,树叶滴着水。鸟逗留在电线上,似飞不飞地扑扇着翅膀。这时街上的伞都收拢了,骑车人从雨衣里探出头。躲藏的行人纷纷走出,四散而去。羊羔脸上一阵犹豫,空气中苦味很真实。羊羔看见一辆压路机开过来,他掉转头,才发现我一直在注视他。

羊羔趴在阳台栏杆上,弯曲的背影宛如一把椅子。这些天他常来叩响我家的门,我老是重复安慰的话,其实是一遍遍重复虚假的预言。他静静偎在墙上,或者趴着栏杆远眺街景。现在,他尴尬地笑了,我慌忙垂下眼睑。他走进来,反手插上门销,他说小毕上楼了。他禁不住叹了口气,轻声说她实在不该这样待我好。我一愣,他不再言语,抱着那只大布熊推门走了。

羊羔就住在我对面的那幢楼里,彼此都在五楼。从我这儿可以望见他家的窗帘,从他那儿可以望见我家阳台上的通水管。羊羔很少把窗帘拉开,他的许多秘密就在里面堆积起来。那厚厚的天鹅绒在夜间摇曳着红光和斑驳的人影。我在灯下听着肖邦,桌上放着一本摊开的书,茶杯里弥漫着清香。外面有雨,我的目光有点破碎。羊羔在窗帘后面缥缈,他瘦长的身影挽着娇小的身影慢慢倾斜,这时候的羊羔可怜而罪有应得。

自从那天走后,羊羔便不再来。可能持续了半个多月,一直没他的消息,我倒悄悄为他担起心来。有一天傍晚,我在街上遇见小毕。她站在一棵泡桐树下,默默地看着我。她不是那种长得很明亮的姑娘,却很耐看。她始终未变,与我认识她时一样,小个头,圆脸,白得发冷的皮肤,唯一吃亏的是鼻梁矮些。我上前招呼她,扯了些无关紧要的话题。她神态舒展不开,让人联想起冬天结冰的水洼。还没等我问及羊羔的下落,她便低下头匆匆告辞了。这天晚上,我照例收听广播——那架收音机用了六七年,加上不保养,喇叭嘶嘶哑哑的,经常响起不切实际的杂音。不知何时起,电台开辟了点歌节目,很快在这个城市泛滥开来。点歌只是形式,那支被播放的歌对点播者来说可能早已耳熟能详,可能还拥有清晰度很高的激光唱片,聆听效果远比电台完美,但他们仍热衷于这种形式。无疑,那支歌在播放过程中被注入了情感,使它象征每一个有意味的日子。因为这个缘故,点歌迅速成为节日里最有情趣的礼物。我曾经的一次点播是为了献给冥府中的母亲,可惜未获成功——现在,我双肘支撑在桌面上,盯着穿毛衫的劳伦·芭凯尔海报。她是一位早期好莱坞红星,我对她的了解仅限于此。我把目光投向窗外,惊讶地发现羊羔家的窗户洞开着。有人站在那儿,手放在窗沿上。我一眼认出那是小毕,隔着暮色看不清她的面目。过了片刻,她把窗帘拉上了,电台里的歌声还在继续,在我听来却类似呜咽。我的面前放着一本蓝封面的法国小说,翻到犀页：他是一个没有集体重要性的小伙子，他仅仅是一个人而已。的确，在这个时候，我听到了羊羔的名字。他在为稻子点歌，我把音量捻大，喇叭里的杂声竖立起来。羊羔从遥远的深圳发来电报，这简直令人瞠目结舌。羊羔在点歌电报中还提到我的名字，意思是很抱歉不辞而别。我以为他还会对小毕说些什么，但接下来就是歌了，我不知道这首《昨天》小毕是否会听到。我把收音机关掉，这是我喜欢的披头士的一首名曲，可我现在更需要寂静和安宁。我仰在床上，对着天花板发愣，目光漫漶。天花板仿佛在逼近地板，像要压住我。

烦闷的时候我常去码头看过往的船只，有时干脆跟着轮渡往返几次。站在船头江风一吹，心情就好了许多。有时还会凑巧碰上熟人，又是同路，就聊着天往回走。到了三岔路口，佯装意犹未尽的样子，那人就默契地不再拐弯。倘若路边的熟食店还亮着灯，这天晚上就肯定漫长了。酒是家里常备的，干杯时彼此满脸悲壮，如同最后的晚餐。举杯对饮，通宵不眠。次日凌晨那人打着哈欠离开，照例一派潇洒，那人很可能就是黑豹。

黑豹很健谈，话题最多的是女人。黑豹嘴里的女人一般都颗粒饱满，要不就特别不是东西。黑豹给人的第一印象有些吊儿郎当也是事实。认识他久了，反而都愿意与他交往。黑豹活得悠闲自在，提到羊羔，他不住摇头。我说羊羔也是身不由己，他反问小毕那是咎由自取？我哑了，他倒笑起来，夹了块红肠放入口中。咀嚼着，把肠衣吐出来，羊羔真去深圳了？我颔首，黑豹若有似无地嘟囔了一句，仰脖把酒干了。起身跨过门槛的一刹那，他略一迟疑，终于说，两个可怜的人。

看来，又快下雨了，这鬼天气无处不透着寒意。谢天谢地，幸亏带了伞，但还是须加快脚步，雷声果然正从背后赶上来。跑了小一会儿，觉得自身的体重加了一半。闪电过后，雨点小水袋般砸下来，马路上的景物朦胧不清了，撑伞的一霎晃过一条小巷，我突然止步，那个险些与我相撞的老人也停滞下来。四目凝睇，他垂垂老矣，他还像从前那样紧蹙眉头，他目光中那股威严的力量被皱纹冲淡了，变得慈祥而忧伤。他没拿伞，我将自己的那把递给他。他摆摆手，我喊道：爸爸。他眉头更深地蹙起，倔强地一歪头，雨水顺着满头白发滴沥在面门上。我不忍，伞移向他头顶。他没再拒绝，瞥了我一眼，径自向前走，与我保持一段谨慎的距离。我淋在雨中，父亲肩膀外倾，似在躲避伞的范围。他的袖子粘在臂上，显出消瘦的形状。没走几步，他猛烈地咳嗽起来，身体恍如舌头一样蜷缩成一团。父亲真的老矣，健康状况比我预想中还要糟糕，我想劝他搬回来与我同住，但明白说了亦是枉然。

我送你回去。我说。

送我回哪儿去？我无言以对，沉默的时候只听到雨声。

父亲咳得愈发厉害，艰难地呼吸着。他的哮喘源于过量的抽烟，这种嗜好在他眼膜镀上了一层暗黄色的云翳，也是他猝然衰老的一个原因。父亲是工学院教授，母亲死后，他和邻校的一位女讲师结婚。从那时起，至少有五六年时间我们不相往来，父亲和他的新婚妻子住在学校的宿舍里，直到那位女讲师在一次突如其来的车祸中罹难。我在报上看到了父亲为她发的讣告。母亲去世之后，我无端关心起这些夹在报缝间的加黑框的文字，对着陌生的亡灵们发呆。我恼恨父亲续弦，尤其看到相册里母亲的微笑。可那则讣告刺痛我了，我在自责中为父亲摹绘余生，不知不觉去了殡仪馆，找到那个殓厅。我听到灵堂里的哀乐，不禁黯然神伤。送别仪式结束，父亲被人搀扶出来。他几乎一下子老了一个多世纪，好像死去的不是别人，而是他自己。他表情凶得吓人，怨毒地瞪着我。我硬着头皮上去说，我是来接你回家的。父亲似乎没认出跟他讲话的是谁，在友人们的簇拥下转身离开。汽车启动了，父亲从窗口回眸了一眼孤零零的我，这一幕给我留下深刻的印象。父亲绝不会住回来了，他坚硬的性格宛如冻石。

现在，雨稍小了些，天空像收缩的广场，父亲的咳嗽没有片刻中止。他停下来喘息，说能不能送我去看病？我送他去了医院，大夫诊断完告诉我病很棘手。我懂得棘手的含义，我为父亲办妥住院手续，在家属栏内签了字。

这段日子我在灯下读着萨特的《厌恶及其他》，除了阅读，剩下的时间我开始写一个发生在自己身边的爱情故事。我写作的时候仍把肖邦开着，肖邦很好听。羊羔是故事男主角的影子，影子很长，一直延伸到对面那幢楼那块天鹅绒帷幔背后。那些天阴雨绵绵，羊羔家的窗帘拉得严严实实。羊羔不在家，窗帘上映出形单影只的小毕，她瘦弱的肩膀微微抽搐。灯光灭了，看不见了，只剩下一个黑黑的窟窿，小毕是否又在哭泣？

很晚了，有人敲门，起先是轻轻一下，仿佛隔壁的声音。再接着响了两下，更轻，却断定在敲我家的门。我去开门，看见小毕的背影，她扶着楼梯栏杆刚要下楼。听到呼唤，她站住了，慢慢踱过来，头压得很低。她从我身旁经过时用手指抹了抹眼角，进屋我让她坐。她坐在我写字用的那只方凳上，未坐稳便警觉地站起来。我为她沏茶，是从镜子中看到她的动作。她悲伤地望着对面那扇窗，像在出神。

我递茶给她，她接过去，抿了一口。沸腾的茶水看上去很平静，她被灼烫了。她哭了，当然不是因为被烫了一下。她说话哽咽，但能听清。她怀孕了，让我帮忙，她上次是我托表姐帮的忙。我说羊羔不在我不能做主，她说我自己做自己主还不行嘛。我说最好还是等羊羔回来再说。她说不必了，恸哭起来，嘴巴很难看地朝两旁咧开。说话也不再清晰，大意是打完胎她就和羊羔分手了。她对羊羔那么好也打动不了他，才明白爱是一回事被爱又是一回事。她要离开羊羔，找一个疼她的男人。她悲痛欲绝，几乎向我跪下来，我再也无法拒绝。我一答允，她顿时如释重负，平静了一下情绪，说，我那天听到他点歌了。我说他那是闹着玩的。她继续说，其实我早知道了。又说，不好意思，又麻烦你。我说没关系。她说那我走了。

我拨通表姐电话，委婉地说着，主题慢慢朝妊娠靠近。表姐逗极了，我想表姐笑起来也是板着脸的，表姐问几个月了。我说不清楚。表姐说就数你聪明。我说真不清楚。表姐说我是怕你头上绿了。我只好告诉她是一个朋友的事。表姐就有点讨厌，好歹算答应了，口气竟是从未有过的冰冷。

去医院需要渡过一条大江，据说大江从海里流出来，我便觉得它可以同样流回海里去。我居住的地方离大江很近，码头上人头攒动，长长的，宛如藤的侵略。所以，我发现稻子就偶然极了。

稻子穿着米黄色的风衣，推一辆半新不旧的自行车，踮着脚尖朝前张望，浓密的头发披挂下来。过了一会儿，船靠上来，沉重的大铁门被钢索拖向两边。人群开始松动，我拉着小毕朝外侧挤过去，直到米黄色的风衣消失在视野尽头，大铁门又被滑轮拖回来。

我们坐下一班船刚抵达彼岸，小毕轻拈住我的衣角，说不去了。我没言语，小毕目光中带着恳求，不去了好么？我说这是你自己的事，你拿主意。小毕说我要把孩子生下来。

我没言语。小毕说我要把这孩子生下来。我说以后呢?小毕说我会养好的。我点点头,说不变了?小毕点点头。我说那我给我表姐回个电话。

我们便又摆渡回来,这是一个与春天接壤的季节。鸽群绕着高楼盘绕,高楼囚禁在脚手架内。码头对面有一方空地,站着很多人,围成圈看异乡人耍猴。猴子玩着把戏上来讨钱,抓耳挠腮,专捡女人多的地方蹲。有个小姑娘没处躲,面前一只又瘦又脏的爪子欲剜她眼睛,吓得她惊叫不迭。我在人群边驻足,待那猴子拿到钱,从主人手中换到苞谷,小毕早已杳无踪迹了。

黑豹怂恿我一起去练健美,把改造过的臂膀伸过来炫耀。我瞧瞧凸起的肌肉说,无非淋巴和筋罢了。黑豹恨我不识货,便去找识货的羊羔。逛了一圈又回来,我问怎么啦。他忸怩不肯说,我说准是评价很高,他说哪儿呀,羊羔说形态性感天生丽质难得一条油腻火腿,联想羊羔魂不守舍啧啧啧啧的样子没把我笑死。

等黑豹给我们报上名,我和羊羔便不能推辞了。训练场离住所很远,好在可以不用过江。跟在黑豹背后,他熟门熟路一道道打弯,逢到熟人就将我们介绍给人家。训练场是坐落在小巷深处的一座油布大棚,黑豹加快步伐,我和羊羔也激动不已,毕竟我们的手臂也正一点点鼓起来。

油布大棚内汗津津地冒着烟,气喘吁吁的声音迎面扑来。羊羔偷偷对我说还是撤退回家吧。我说这怎么行。羊羔说,我这骨瘦如柴的模样见不得人呀,我说你虽然瘦但前途是光明的。羊羔说怎么以前就没发现我这个潜力?我鼓励他说,你发现这一点,赶上那个阿诺·施瓦辛格就快了。

现在,我们在大棚入口处一字排开,像三棵雨中的树。我们走进去,在靠边的一张长椅上坐下,由于人多器材少,大多数人只能干等着。有闲不住的,踢踢腿活动活动关节。我和羊羔初来乍到,过去仅在电视里看过一两次健美比赛,看那些人练得起劲,觉得新鲜又有趣。这时,黑豹轻轻碰了我一下,指着一个穿橙色运动服的姑娘说,那是教练。我说我早注意到了。黑豹说你真有眼力。我一笑。羊羔自言自语道,她叫什么名字?黑豹听见了,故意没答理。羊羔就不再问,大家沉默下来。又估摸等了一个钟头,总算轮到我们。黑豹第一个站起来,我和羊羔慢腾腾跟在后面,那个女教练正用毛巾拭着汗,看见黑豹带来两个新手,她伸出手来。她的身影被棚顶漏下的一束光拉长,变成斑马状的条纹。盘成螺旋的头发已经松开,柔软的发丝披在额角。她容光焕发,两腮红润,一边和我们握手,一边简单自我介绍,我是这儿的教练,你们叫我稻子好了。

这个场景,就是羊羔与稻子的第一次邂逅。

羊羔忧郁,经常眉心一锁。羊羔在广场上溜达,寻找一块石子。找到了,魂不守舍地踢着,最后提脚一射,踢空了，却没补上一脚。等了半天，稻子步履轻盈地来了。她看上去化过一层淡妆，头发也喷了胶，仿佛孔雀的造型。穿着米黄色的风衣，挎着一只草编小包。她走到羊羔面前，露出一种无可奈何的姿态。羊羔觉得她的眼神既高贵又挑剔，他想尽快找个话题。虽然，他觉得要专门找个话题是滑稽的想法。稻子用眼角瞥着他，他的手插在裤袋里无法动弹，脑中一片空白。他费劲地皱起眉，像在同谁生气。他的手指碰到几枚硬币和一只火柴盒，他从上衣口袋摸出烟，掏出那盒火柴。冷风吹过，浪费了好几根火柴都没点燃。他背着风向，将两根并在一块擦亮，点燃后猛吸了一口，吐出一团烟雾。稻子慢慢踱到前面去了。经过一片个体餐厅，店堂里回荡着尖锐的迪斯科乐曲。从窗子睨进去，一群衣着肮脏的女服务员正围住一个中年男破口大骂。男子招架不住，堆着笑节节后退，在门口被石槛绊了一下，险些栽倒。他跌跌撞撞出来，那些女的拥到门口继续谩骂。中年男拍拍衣服跑远了。羊羔笑了笑，他的局促忽然消失了。稻子在交叉路口等他，他赶上去，指着稻子朝左拐，这是条僻静的小路，羊羔知道小路尽头有一家钢琴酒吧，聘用了两名侏儒侍者。他和稻子并排走着。刚才怎么啦？他明知故问。大概是老板付不出工钱。稻子答道。她的目光总是虚着。羊羔把烟头扔向地孟，他瞥了一眼稻子，她的侧面融入了一块青绿色的透明中，这块透明是刚绽芽的嫩树叶和路灯交相辉映的产物。娇嫩的树叶像宽荡的绸袍，无止境地在灯光中蜿蜒。

进入酒吧，果真看到一个侏儒。他站在一只矮梯上擦一瓶洋酒，裹在特制的西装里，后摆一吊皱起褶裥。听到推门声，他掉回头，颈上打着红领结。他五官集聚，恍如在抽签。侏儒慢慢爬下来，招呼他们先坐，然后把梯子移向角落。羊羔找了最偏僻的位置，沙发背很高，形成安逸如归的氛围。这时白炽灯暗了，室内换上了狐蓝色的壁灯。侏儒走了上来，把饮料簿搁在桌边。又递给稻子一本曲单。轻声说，今天您是第一位光临的小姐，可以免费点一首钢琴曲。羊羔要了两份茶，稻子翻了翻曲单，点了一首《卡萨布兰卡》。侏儒离开了，他步态蹒跚，像一头企鹅。他绕过一架钢琴，琴盖敞开着，他顺手按下一记低沉的音。他拐进吧台，伸直手臂在台阶上快活地跳了跳，却也没有够着。现在，羊羔解除了拘谨，他有点头晕，直视着那架钢琴。他俩相互注视了一眼，把目光挪开，准确地坐在自己的阴影里。侏儒捧着托盘来了，一样样摆在桌上。两只玻璃杯的杯沿上夹着甜橙和红樱桃，一盘鲜艳的西瓜和两碟数得清颗粒的硬壳果。最后，侏儒侍者把一支玫瑰交给羊羔，转身离开了。羊羔握着玫瑰，舌间渗出酸涩的唾液，牙齿似乎都松动了。他硬着头皮把玫瑰递给稻子，稻子接住了，捻动着花柄，羊羔将水果盘推过去。在恬静的光线下，音乐响起，正是名曲《卡萨布兰卡》，琴声如诉，却不见弹奏的人。这会儿，酒吧里又进来几位顾客。稻子说，我喜欢这首曲子。羊羔说我也喜欢。稻子说我喜欢安静的曲子。羊羔说那你不会喜欢摇滚了？稻子说不，也有例外，比方约翰·列侬和猫王。羊羔说巧了我也挺喜欢他们，还有卡伦·卡朋特，你呢？稻子点点头说我也喜欢的。一曲终了，钢琴背后又走出一个侏儒。羊羔吃了一惊，心想怪不得看不见是谁在弹奏呢。

羊羔一直没透露他跟稻子约会的事，却无端提及他的一个梦。他眼神暗浮，指着墙上那个好莱坞女星说，我梦见她了。我朝那儿瞅了一眼，羊羔凝神端详，一头秀发优美地披鬓在劳伦·芭凯尔浅灰色的毛衣上。毛衣是美国四十年代体态饱满的姑娘爱穿的衣着。劳伦盯着前方，她的模样是在男子般刚毅的脸廓上镶嵌一双妩媚荒凉的眸子，睫毛下有逼人的寒锋。她是一个活的问号。羊羔说，我为什么总是在梦中与她邂逅。我看见泪水在他眼眶内打转，羊羔望着劳伦·芭凯尔，心头拂过稻子修长的发丝。

不久后的有一天，雨季的先兆已在城市的每个角落俯拾皆是，空气中的水分像拧绞的海绵。傍晚，楼梯传来熟悉的脚步声。我蹑手蹑脚躲到门后，把锁松开，最好那个倒霉鬼跌个跟头。脚步停住，迟迟不见敲门，正在疑惑，门迎面扑来。我骇出一身冷汗，急忙用手抵住，跟跄着逃出来，黑豹指着我大笑，防人之心不可无啊。

我站定，暗觉好笑，瞥见黑豹身后站着个人，淡淡的笑意正从他唇边隐去。我惊喜得不敢叫他。他放下行李，换上崭新的久别重逢的笑容。

唐朝,我儿时的同窗伙伴,他离开这座城市随父母定居深圳八年了。八年了,我们用通信的方式维系着童年的友谊。回溯往日的岁月,琐碎的旧事仿佛愈撅愈深的泥潭,使我们的思念步履维艰。我一度以为离别是短暂的,聚首即是兑现。未曾想重逢何等不易,绝非暮辞朝聚。它耗失天真磨去淳朴。我是说,比起当初那个沉默寡言的少年,唐朝的变化是多么显而易见呀。

他的衣着略微有些陈旧,搭配得还算协调。宽松的麻布夹克,灯芯绒裤,大皮鞋,红底碎花的丝绸围巾随意在脖子上系个结。他正放下行李,下肢微微折叠。左手攀在腰扣上,右手垂直下来,那是一只有轮子的皮箱,掷然落地,向一侧倾斜。八年了,算不算太久?他说,他口音走得厉害,每一个字似乎都在思考,他咬得相当吃力,但坚持用孩提时代的方言和我们交谈。这样,每隔一段时间,口齿间便跳出滑稽的音,仿佛蜜蜂淋雨的振翅声。他滔滔不绝,回忆着过去的好时光。他在一家文化影视公司当广告片导演,这是个好差事,之前他跑了三年布景,扎扎实实苦干苦学,总算谋到这个职位。这次来本城,是为了拍摄一则肥皂广告的外景,大约逗留一个星期。接下来,唐朝说起了那个开放城市独特的生活方式,以及他一些可以公开的故事。

黑豹在床上抱着腿,膝盖顶着胸口,听得专注,不明白的地方就赶紧提问。唐朝的诠释往往模棱两可,那是些暧昧的提问。不妨设想一下,假若黑豹不穿插进来,这场闲谈准保无意境可言了。

房间里的气氛是愉快的,唐朝记忆力惊人,报出一长串同学的名单,羊羔也置身其中。黑豹跳下床,走到阳台上,叫来唐朝,指着对面那块紧闭的天鹅绒窗帘说,羊羔就住那儿。唐朝说这么近呀,那我们一起去看他。黑豹面露难色,说我们从不上那儿。唐朝一愣,转身盯着我。我的踝关节因为久坐的缘故麻木了,我试图抬起脚,却像有一些电在里面飘零。我说不太方便。黑豹说,那是羊羔金屋藏娇的地方。唐朝看看天色不早,就向我们告辞,我们挽留,他说在酒店订了房间,两位同事等着他。公务繁忙,身不由己,好在还有时间再聚。他说明天去郊外取景,争取早点回来。又说别忘了通知羊羔一起来。我们马上替羊羔答应了。

那天在江边看完猴子,返身已不见小毕。羊羔家的灯夜夜都熄着,小毕说过要离开羊羔的话,当时以为伤心了才说的。她居然言出必行,倒出乎我意料。小毕去何处呢?若是回家去,当然是最好。问题是,她与羊羔未婚同居激怒了家人,她母亲曾背地里来找过她几次,小毕死活不愿与羊羔分手。她母亲后来便不再来,扔下一句家里捎转的话,我们只当白养你了,这辈子再不许踏入家门。她母亲下楼,小毕在背后很难过地喊了声妈。她母亲以为成功了,停下等她。小毕慢慢下了几格,扭头又奔上楼梯,哇地号啕起来。她母亲也哭了,一边哭就一边说不再是她妈妈了。可羊羔为什么不与小毕登记结婚呢,这道题目问得就太有点莫名其妙了。

在我记忆里,父亲是个脾气执拗的人。父亲临终前流下两行泪珠,我才明白童年完全结束了。连日阴雨绵绵,犹如泪水的流浪。我守着父亲在床榻边熬过长夜,父亲乃高知,享受高规格医疗待遇,住在静谧宽敞的病房里,没有点缀的风景。本来有一盆水仙的。一个小护士说,因为睡在靠窗的那个老人闻不惯水仙的香气,执意让搬走了。他大发雷霆,居然以自杀要挟。我朝那儿望了一眼,不理解这氤氲的躯体何以如此嗅觉灵敏,那对木鱼似的瞳仁直勾勾瞪着我,一眨不眨。我心里说,只有死者才有这副眼神。那个小护士突然奔出病房。大夫来了,搭了一下脉搏,摇摇头,紧随在后的两名抬尸工熟练地把尸体移至担架,用一块白布遮上。我听见父亲叫我,他胸脯起伏不止,我从被单下摸到一只手,它紧紧攥住我,无法遏止地发起抖来。

他打了个嚏喷,整个晚上嚏喷不断,流着清鼻涕,眼皮耷拉着,如同松弛的旧棉纱。下半夜喂了他面糊和水果酱,他又睡着了。开始谵语连绵,讲述一个不太完整的故事,如同注射了那种间谍战中会说真话的针剂。有时候咳一阵,鼻涕掉在枕上,一偏头又沾在鬓发上。小护士躲得远远的,她卷过的睫毛下空洞无物,她一定是新来的,或许还未见过正在死去的人。

一连几天，父亲处在半昏迷中，他嘴巴总是在动。手腕上缚着绷带，一枚针潜入静脉，淡黄色的药水在输液管内滴沥。父亲终于有血色了，他微微启开眼睛。小护士捧着水仙进来，水仙长在浅浅的釉面陶碗里，鳞茎下是五彩缤纷的玻璃球。此花在春节前后开放，照例早该谢了，大约是病房暖和的缘故才未萎败。鹅黄的花朵绽开，吐出怡迷沁人的幽香。小护士把它重新放上窗台，过来为父亲换了药瓶，瓶口冲下，倒置在挂钩上。干完这一切，小护士一声不吭地又出去了。

少顷，她推开门，朝我招招手，我站起来，也许坐久了，脑际忽闪一条黑影，以为自己跌倒了，却趔趄到了门外。小护士说有人找我，我向前张望，狭长的走廊突兀一拐，把目光拼贴起来。哪儿有人？小护士鞭然一笑，这是高干病区，怎么可以随便上来？

要找我的人在底楼传达室等候，背对着门，大概从窗户的反光中看到了我，她缓缓转过身来。柔密的头发一泻而下，掩住半只眼睛，这是一张生疏的面孔，一个容貌姣丽的女孩，一笑露出两颗有趣的大虎牙。我知道你的。她一口标准的普通话，可惜你大概不知道我。不是大概，我的确没见过你。没关系，你现在认识我了吧。我没回答，我恍若在置身电影中的某个画面。她见我不说话，重复了一遍，我点点头，她也点点头，带我去见你父亲吧。我怀疑地看着她，她又笑了。看来，你这人并不潇洒，看过你的小说，还以为挺在行的,这些写小说的大概只会在纸上谈兵吧?一束康乃馨从她背后变出来。这是送给你父亲的,他是我老师,你可别到学校找我,我有尾巴,盯的可紧啦。说着,她奔向马路对面的一辆摩托车,戴着头盔的尾巴紧踩引擎,让摩托车发动起来。她坐稳了,搂紧尾巴的腰。摩托车威风凛凛地驶远,劈开花纹一样的水痕。

我回到病房,将康乃馨插在大茶缸里。茶缸过大,花全都松散开来。我只好再寻觅小点的盛器,在角落里发现一只瓶口破损的盐水瓶。拿着它上盥洗室冲了冲,蓄了大半瓶清水。我出来时正碰到那个小护士推着一辆木轮车过来,车上摆着一套干净的病员服、一柄小拖把、一只畚箕,和一些药瓶药罐。我问苏打么?她说车上没有,药房有。过了一会儿,她给我送来了。我把苏打放入盐水瓶,台历上说,苏打具有延长花期的功效。父亲却离苏打越来越远了。

我去了训练场两三次便不再去,健美不是立竿见影的运动。纵有黑豹做榜样,我自忖不是这块料。黑豹和羊羔照例还去,但不同往,羊羔努力错开时间,尽量不遇上黑豹。偶尔撞见掩不住窘迫,黑豹早已猜到内中奥妙,不点破罢了。去训练场也不是每次都能遇上稻子,后来才知道,稻子经常在宾馆唱歌,有时还要比赛和演出。她请假的频率一直很高,羊羔发觉了梦想与现实之间的距离,但他还想愚弄一下自己,他要马不停蹄地为爱痴狂。

羊羔爱上了稻子。现在，远途跋涉的候鸟成群结队归来。从田野飞向城市，再从城市飞回田野。这是一个潮湿的季节，树木像水泽中迷蒙的芦苇在城市与田野之间蔓延出街道和被街道裁剪的天空。人行道旁竖立着茂盛的泡桐，时值泡桐花渐放渐凋的节令，地上覆盖着淡紫色的落英——正是这条街道分割城市与田野——我居住在附近的一幢楼里。电台女主持人轻声缓语地读着点播单，把点歌者的名字告诉听众。差不多每个名字都历经辛酸的故事，点歌已没有最初的那种情趣，成了心理门诊。当歌声响起的时候，一排灰色大鸟划破天空。

羊羔坠入了情网，他感到痛苦。可一块石子就能使他解脱么？他漫不经心地踢着，他真的漫不经心么？一个学车的男孩吓得直嚷，差点撞着了他。他离得远远的，不再踢石子。他怀里抱着白色的大布熊，样子多少有些可笑。他神情专注地观望着那辆摇摇晃晃的自行车，他不想再看表了，他会克制不住把表踩个稀巴烂的。男孩既慌乱又兴致勃勃，看得出他快学会了。他频频上车下车，忙得满头大汗。羊羔笑了。天色慢慢暗下来，男孩趟着车回去了。羊羔又踢起石子，石子呈一根弧线落在很远的一块草坪上。羊羔离开广场，在路灯边缘消失了。

他踽踽独行，头上是阴霾的天空。羊羔胃一阵痉挛，他用大拇指揿住腰眼，仿佛这样可以让疼痛敛成一点。夜风拂过脸腮，一排灰色大鸟从羊羔头顶飞过。我是说，这天晚上,羊羔将要叩响我的家门。那时点歌已经结束,我按下录音机按键,听到了敲门声。我打开门,看见羊羔抱着白色的大布熊站在我面前。羊羔进屋了,把大布熊扔在床上。靠在墙上眺望远景。我说过羊羔忧郁,忧郁是一种消极的性格,经常属于严冬出生的男子。严冬出生的男子不畏寒风,羊羔例外,他怕冷。我的面前放着未完稿的小说,我知道它迟早会圈上句号。我的男主角背对着我,他在远眺目所能及的风景。或者,他什么也没在看。而我,我记得一则关于黄雀的古代掌故,我是不是那个手持弹弓的少年?

我爱你,稻子。

羊羔把这张纸交给稻子。他们在一家咖啡馆里,羊羔撑住沙发,用手掌摸着左颊,喉咙跳了一下,像噎食的小鸟。稻子在对面娴熟地调着咖啡,白色的光线顺着她的脊梁散开,使她俨如沐浴在黎明中的一尊珐琅雕塑。她将那张纸放在咖啡杯边,昏沉中看不清她的表情。羊羔手指勾在桌沿,伸过来,握住她的手指。手指冰凉,没有缩离。羊羔胸中升起一片陌生的柔情,他盯着稻子。稻子不再搅动咖啡,你好像很累?羊羔脸上飘过一只水母,我很累?他压低了嗓音说,稻子,我爱你。这一刻在羊羔眼中,稻子漂移了出去。相隔他们的不是桌子,是平行漂移的稻子。她坐在对面,两腮涌起红潮,而羊羔更加狼狈。他没下茬了,连勇气也丧失了。他欲倒在座位上,椅背仿佛伸出两只掌面来抵制他。他正襟危坐，注视着那杯咖啡，视线里恍如飞满了纸屑。我会记住这句话的。稻子的声音在灯光中埋伏。这是与爱情无关的遁词，她起身默默离开了。

唐朝打来电话说要来，准时到了。那身装束没换，仍提着那只有轮子的皮箱。我记得上次还蛮新的，大约奔波的缘故，五六天工夫却陈旧不堪了。时间尚早，我为唐朝沏茶。桌上两杯是我和羊羔的，早已淡而无味。我去倒了，也不再冲洗，加了点茶叶，重新沏上热水。这里待装煤气，现在都用煤炉。我得再烧些水，晚上就不用烧了。趁这工夫正好拼熟菜，切好一样就整齐地码进盘子里。雕刻过的黄瓜和胡萝卜一围，格外诱人食欲。我慢慢寻找技术上的破绽，瞄准凸突的地方抠出来吃掉。待我忙得差不多了，刚好水壶盖颠簸起来，喷出嗞嗞的白气，像浪峰上危险的一只船。唐朝和羊羔在里屋谈兴正浓，羊羔今天老早来了，午饭时也没回去，和我一块来了碗面条。他没吃完，剩下半碗喂了抽水马桶。他说这几天胃病犯了，胃口不好，痛起来的时候，直冒虚汗。他的手在腹部轻轻揉着，见我往杯子里放茶叶，他说医生关照让喝白开水。我说那就白开水。他又说还是放一些茶叶吧。这儿水质差，冲淡些漂白粉的味道。他正低头翻看我的《雨季故事》手稿。《雨季故事》是根据真人真事创作的，或者更妥帖的提法应该用"记录"这两个字。主人公羊羔是我所虚构的一个名字，真实名字依照他的意愿不予公布。起初我与羊羔达成协议,他提供素材我执笔,但他后来只描绘了两次和稻子约会的情景,其余匿避不谈。因此我并不了解更多的内情,既是真人真事,又不能过多凭借于想象。这令我陷入进退两难的境地,很长时间小说没有进展,在书桌上摊开着,犹如断开的桥。午饭过后,羊羔看起了未完成的小说,看累了眼睛暂且闭一下。他睁开眼睛时,端过杯子像行家一样咂一口茶水的滋味。有好一会儿工夫,他琢磨着茶水回甘的奥秘。爱一个人可以爱多久?他掉头瞥了一眼那个美国女星,露出苦涩的微笑和沉迷不醒的倦意。如果我从来不认识她,也不会像现在这样糟糕。我最后一次拨通训练场的电话是一个雨天,那边响起一个年轻人的问话,你找谁?我说找稻子。对方回答说不在。我说是不是今天有演出?那人说不知道,她病假没来上班。我说她病了?那人说大概吧。就把话筒挂了。我站在电话间愣了片刻,外面有人惊叫,天上掉下一大块雪白的泡沫,像风中翻卷的羽毛团向我飞来。临近了又被风旋起,挂到前方的一根树上,碎成几块类似棉絮的东西。原来是对面阳台上有人洗衣服,肥皂粉过量了,就变成了泡沫。那种感觉是十分荒诞的,有点酷肖贝克特的戏剧。说到这儿,羊羔把杯子一搁,走出去趴在阳台栏杆上。街道尽头一辆压路机开过来,一个工人边走边退,用软帚拖揩着前面的大铁轮——是一个施工队在铺筑马路。顿了顿,羊羔继续说,我立刻冒出去探望她的念头,但我没她住址。她没给过我,每次送她,她都谢绝了。我只依稀记得,她说住在一个叫苹果大地的街坊里。我觉得有了名称不会很难找，哪知苹果大地有三个区块，隶属于两个街道管辖。那儿有一条119路公交线，终点站恰好比邻其中一家街道办事处，我进去询问，接待我的是一位和气面善的老太。我一说稻子，她立刻颤悠悠地要带我去。我去水果摊买了两袋水果，她不时回头看我，你是稻子的同学？我说算是吧。她说稻子这几天茶不思饭不想，整天待在屋里不出来，不知中了什么邪。我说可能是身体不舒服吧。老太说好像不是，前些日子参加什么选拔赛，整日整夜拿着话筒练唱。邻里关系好，不好意思说她，背地里向我抱怨。我护着她，说她在用功呢，比赛完了就不练了。比赛那天她很早就出门了，换了套好看的衣裳，像个新娘子。夜里很晚了才回家，悄悄掩上房门。我摸过去听，她在哭。她哭我也难过，她是我从小领养大的。等一会儿劝劝她吧。老太的口气注解了她的身份，她是稻子的祖母或外婆。说着来到一幢纸盒式的楼房前，她掏出钥匙打开门。我在门口迟疑着，看见稻子光脚趿着拖鞋，正猫腰钻在冰箱里。拧锁声惊动了她，回头看见了我们，脸色由绯红转为铁青。她拉了拉衣角，用手抚平衣服上的皱痕，喊道，外婆，你怎么把生人带回来了？老太一惊，看看我说，你不是稻子的同学么？稻子嘴巴蠕动着，咽下了吃的东西。进了卧室，出来时已穿戴整齐。这间隙，她外婆坐到一边去拣菜，再不搭理我。我还能赖着不走，实在是有点不要脸。稻子附耳和她外婆说了几句，然后走了出来。她在前我在后,她步履还是那么轻盈,像一只起飞的鸟儿。我手里提着那两袋水果,一袋甜橙一袋苹果。这儿称作苹果大地,光秃的树冠却没有果实。我们在一株剥去一块树皮的苹果树下站定,那片裸露的伤处触目惊心。她清了清喉咙,你真无耻,简直无礼之极。她的呵斥像背过的台词,你以后不要再来找我,你不适合我,我也不像你想象得那么好。如果你觉得这些话对你造成了伤害,你将知道这对我们都会有好处。羊羔说完,苦笑着望着我。后来呢?我问。在回家路上,我遇见一群追逐嬉闹的孩子,我叫住他们,他们围上来,面孔很脏,都是泥和汗,我把甜橙和苹果匀给他们,他们高高兴兴地散去了。看着他们的背影,我感到一阵空虚,身体的某一部分慢慢飞翔出去。我好久没吃苹果了,我要吃苹果。我来到一个水果摊,买了一只苹果,在交易的时候,指尖在口袋里触到几枚硬币,女人也是可以出售的苹果。我狠狠咬了一口,很甜也很酸涩。羊羔说话时不露声色,仿佛讲述一个故事却与自己毫不相关。终于,他长吁了一口气,结束了,你不用再来安慰我。奥赛罗是怎么对苔丝·狄蒙娜说的?我要杀了你,然后再爱你。糟糕,我怎么会这样想。也许,吃不到的苹果永远香甜。我的故事完了。这个下午,我倾听着一个孤独者的自白,不断将开水注入杯中,娇嫩的茶叶由青转黄,直到泡不出颜色。唐朝在叩响我的家门。

夜幕降临时,黑豹也来了。他在江对岸一家邮电支局当投递员，每天把无数报纸和信件投送到户，准确地塞入每个信箱。这项工作重复而单调，需要有非凡的耐心和注意力。在路上，他冲下一个陡坡，摔得人车溅满泥污。幸好他已送完了邮件，要不把信件报纸也搞脏了。他去浴室洗了澡，换上干净的衣服来赴宴。湿头发贴在头皮上，仿佛才剃过头。他搓着手，盯着桌上的美肴。除了方才我拼的那只大冷盆，还有冒着热气的清炖鳊鱼白汁肚片红酱猪蹄乌龟上坡乡下浓汤和唐朝带来的两瓶意大利红葡萄酒。窗外，暮色阻隔了楼群，湖水般溢开。明天一早，它又会油布伞似的卷拢起来。日子天天都在过，天天都这么过。月亮出来了，雨季的月亮难得一见，仿佛白色的剪纸。唐朝的目光在窗上黏附，那儿映出三只绛紫色的镜框，父亲在微笑，母亲在微笑，父亲的后妻在微笑。死者在远方安息。你好，月亮。一支烟夹在他枯萎的指关节中间，烟蒂积得很长，出现了裂缝，掉落了。烟头隐约的红光燃及尾部，将海绵烧成硬结。医院诊断父亲得的是晚期肺癌。父亲死前，那盆窗台上的水仙突然凋谢了。这是纯属巧合，还是应验了某种宿命，苏打是不会回答的。

那个昏暗悲伤的雨天，我为父亲护守达旦。他平仰在床上，犹若一只生锈的船，间断的呻吟在我耳畔袅绕，等我病好了，搬回去我们一块住。这句话让我倍感酸楚。夜未央，他睡着了，翻了个身，就再没醒来。小时候听长辈们说人死了天上会掉下一颗很亮很亮的星星，那是一个人陨落的灵魂。又说地平线又会升起一颗更亮更亮的星星，便是来投生的新人。长辈教训我们要做好人，否则就变不了星星，要下地狱炸油锅滚钉板，变成兽面獠牙的厉鬼。吓得我们缩成一团。后来上学了，课间问老师，老师说那是迷信，但好好做人是对的。书一天天读上去，能独立思考问题了，发现迷信中不乏准确的道理。父亲的那颗星在我梦中频频陨落，我曾伤了他的心，我的悼词能填平懊悔的壕沟么？我从上衣口袋掏出厚厚一叠纸，我写了那么多，只读了一页，就哽咽读不下去了。哀乐播毕，我走进黑屏风。父亲躺在棺木里，面目栩栩如生。殓厅里像旗幡晃动了一下，号啕声由此及彼，人群慢慢移动。我从花圈中捧起他的遗像，一个姑娘靠上来，捧着一束黄色的康乃馨，同情地望着我。我甚至不知道她的名字，只知道她是父亲的学生。后来我去父亲的房间，取回了父亲的遗物。我将两幅遗像挂在父亲的两侧，父亲母亲还有那位阿姨，你们都变成了星星，月亮没有了，悄悄隐去了。

等一等，你父亲最后还是愿意搬回来和你一起住的，你应该感到宽慰。唐朝饮了口酒说。可这非但没减轻我的负疚，恰恰是加重了。我说。可要换了我，我肯定换一个角度来看待这件事。生活告诉我，若要让自己脱离痛苦，只有千方百计编造理由。他话音刚落，黑豹筷子一放，把一块鸡肉咽下去。行了行了，求你们别再唠叨伤心的往事了。你们大谈人生，你们看这只鸡，是被杀死的，人若是这种死法就叫暴死，死后又被开膛除毛，人若是这种死法就叫抽筋扒皮，这还不算，放在锅里煮透了。添加佐料，切成一块一块。你们吃着鸡，却在大谈人生，算了，不说了。黑豹头发已经干了。过了一个小时，又过了一个小时，葡萄酒喝光了，啤酒也喝光了，最后连烧菜用的料酒也斟入了酒杯。四个人喝得醉醺醺的，在残肴上捻灭了香烟，一边打饱嗝，一边走到床边，双臂摊开就睡了。到了凌晨五点，或者更晚一些，都东倒西歪在床上睡着了。

让我们回到现在，现在是雨季，并不是说雨季将阳光失踪。有一天早上，羊羔回来了，他坐在轮椅上。并且可能永远将坐在轮椅上。他去深圳打工，在机场当搬运工，他想过些时候再想法找份工作。出乎意料的是，他没去找过唐朝，直到失足从飞机的旋梯上摔下来，他被送进医院，所有的积蓄还不够支付一个星期的医疗费。他让人给唐朝挂了电话，唐朝赶来了，看见裹在绷带中的羊羔，雪白的纱布蒙住了他的表情，只露出两颗悲怆的瞳仁。一个月后，羊羔出院了，坐在唐朝为他买的轮椅上。他请求唐朝送他回家，唐朝请了假，推着他进了火车站。

傍晚六点零五分的火车，还剩下一些时间。羊羔发现对面是个集市，他对唐朝说，能不能为我买副墨镜？唐朝小跑过去，他往回赶的时候，听见远处一群人在呼喊捉贼，他就站住了。果然，有个人正仓皇地奔过来。后面一群人在追赶,他想此人准是小偷了。他迎了上去,小偷拔出了匕首,他迎上去。小偷疯了一样冲上来。匕首刺中了他。小偷被人们制服了。他却慢慢坐下来,羊羔是亲眼目睹这一幕的,他用力拨动着车。唐朝被人群围住了,他捂住肋部,大口大口喘息,鲜血从指缝间渗出来。羊羔大声喊叫,你们快送他上医院呀。可唐朝在倒下去,他抬腕瞄了瞄表,六点零五分,火车拉响了汽笛。唐朝手上握着墨镜,眼睛瞪得很大,盯着表上的指针。

羊羔终于回到了我们这个城市,终日无所事事地在大街上游荡。泡桐花早已落尽,树上涂满了新绿。那个施工队撤走了,我的小说也已精疲力竭。后来的有一天,这是一个无关紧要的日子。羊羔坐在轮椅上,膝上放着那只白色的大布熊。他在稻子必经之路等了三天,他终于看见稻子远远走来了。他戴上唐朝为他买的墨镜,他不愿让稻子认出来。这里还有一个动人的场景,羊羔看见一个小男孩,他去水果摊买了一只苹果,把苹果和大布熊交给那个孩子。羊羔说苹果是给你的,大布熊你拿去交给那个阿姨。小男孩蹦蹦跳跳地奔过去,突然拐进一条小弄堂,逃跑了。

写于 1991 年 12 月 7 日

图书在版编目（CIP）数据

八音盒/夏商著. —上海：华东师范大学出版社，2018
 ISBN 978-7-5675-8216-3

Ⅰ.①八… Ⅱ.①夏… Ⅲ.①中篇小说-小说集-中国-当代 Ⅳ.①I247.5

中国版本图书馆CIP数据核字(2018)第182055号

八音盒

著　　者　夏　商
策划编辑　王　焰
责任编辑　朱妙津
责任校对　王丽平
装帧设计　夏艺堂艺术设计＋夏周
出版发行　华东师范大学出版社
社　　址　上海市中山北路3663号　邮编200062
网　　址　www.ecnupress.com.cn
电　　话　021-60821666　行政传真 021-62572105
客服电话　021-62865537　门市(邮购)电话 021-62869887
地　　址　上海市中山北路3663号华东师范大学校内先锋路口
网　　店　http://hdsdcbs.tmall.com/
印刷者　上海中华商务联合印刷有限公司
开　　本　889×1194　32开
印　　张　8
字　　数　151千字
版　　次　2018年9月第1版
印　　次　2018年9月第1次
书　　号　ISBN 978-7-5675-8216-3/I·1959
定　　价　42.00元

出版人　王　焰

（如发现本版图书有印订质量问题，请寄回本社客服中心调换或电话021-62865537联系）